海上花岛

HAISHANG
HUADAO

"最美乡村"文学作品优选集

陈 政 ◎ 主编

百花洲文艺出版社
BAIHUAZHOU LITERATURE AND ART PRESS

图书在版编目（CIP）数据

海上花岛："最美乡村"文学作品优选集 / 陈政主编. -- 南昌：百花洲文艺出版社，2022.5
　　ISBN 978-7-5500-4695-5

Ⅰ.①海… Ⅱ.①陈… Ⅲ.①中国文学 - 当代文学 - 作品综合集 Ⅳ.①I217.1

中国版本图书馆CIP数据核字(2022)第078543号

海上花岛："最美乡村"文学作品优选集

陈政　主编

出 版 人	章华荣
责任编辑	郝玮刚　蔡央扬
书籍设计	黄敏俊
内文排版	黄敏俊
出版发行	百花洲文艺出版社
社　　址	南昌市红谷滩区世贸路898号博能中心Ⅰ期A座20楼
邮　　编	330038
经　　销	全国新华书店
印　　刷	江西省和平印务有限公司
开　　本	710mm×1000mm 1/16　　印张 13.25
版　　次	2022年6月第1版第1次印刷
字　　数	175千字
书　　号	ISBN 978-7-5500-4695-5
定　　价	68.00元

赣版权登字 05-2022-84

邮购联系　0791-86895108

网　　址　http://www.bhzwy.com

图书若有印装错误，影响阅读，可向承印厂联系调换。

目　录
Contents

海上花岛·微型小说

☆
☆☆

海上花岛 · 散文

海上花岛全景

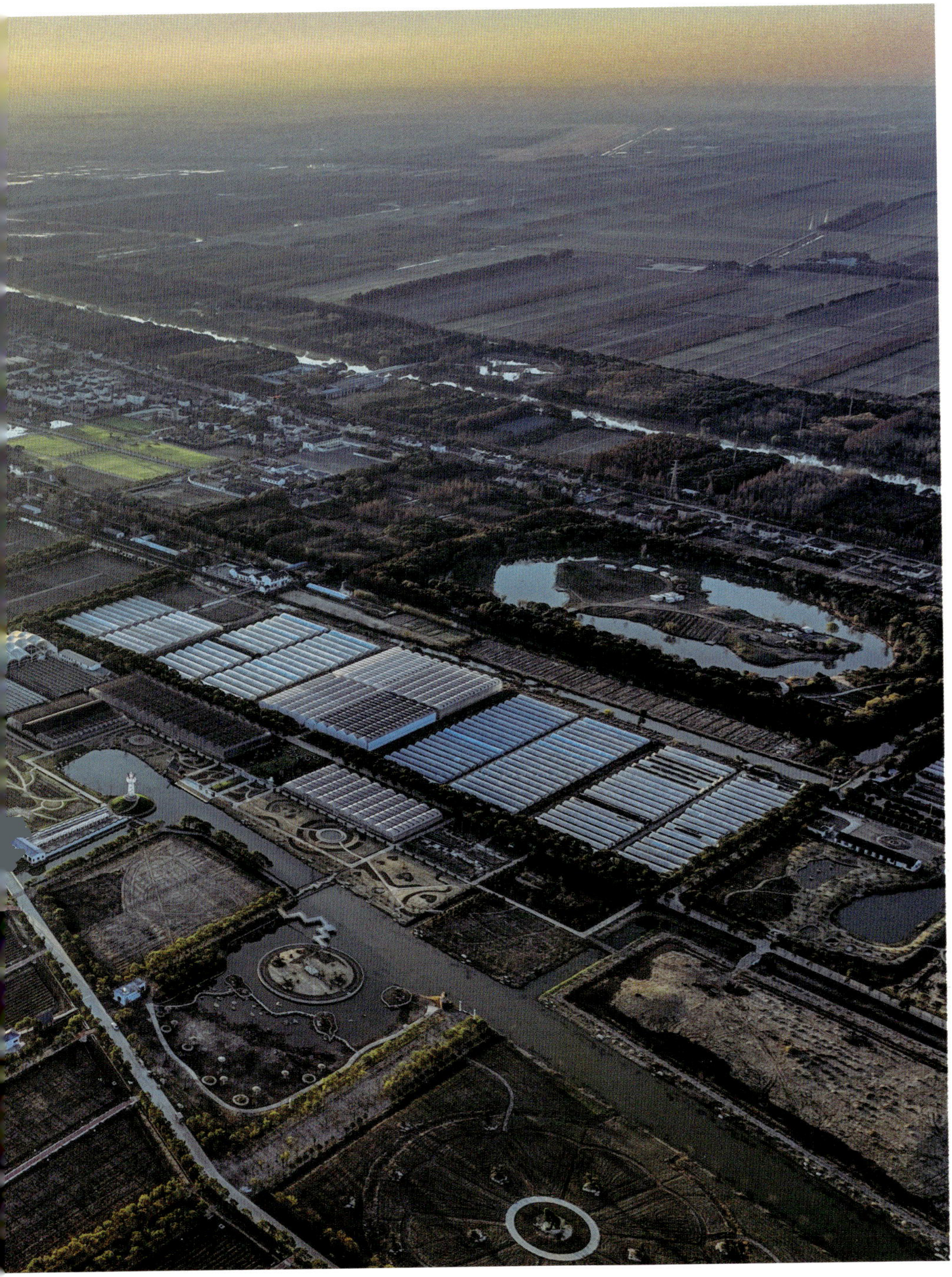

崇明岛上玫瑰 ☀

叶 梅

一

很久以前，崇明岛并不是一个岛，但它已在海洋的深处埋有根基，亿万年间，沉默耐心地等待那些小小的沙粒由遥远的江水挟裹而来。从青藏高原的唐古拉山脉各拉丹冬西南侧发源的长江，经由几度排山倒海的剧变，穿切黄土、红土、青土颜色不一的高山，峡谷，丘陵和平原，终究向东流去，归入浩瀚的海洋。它一路呼啸而行之中，泥沙滚滚，它是决计要将陆地的气息带入海洋吗？它是知道那里有着长久的等待吗？

我出生于长江三峡巴东，从儿时到年长，曾多少次站立于三峡岸边，看大江东去，一心向往它远去的地方。记忆中那滔滔江水浑黄如泥，浩浩荡荡，一刻也不停歇，似乎承载着不可推卸的使命而步履匆匆。那时我难以想象，它在完成最后的行程之后不仅只是扑向大海，还会落地生根，于大江与海洋的相通之处催生出一片片沙洲，片片沙洲随之成为一个岛，一个如今形状如巨人脚印的岛。直到我踏上这片土地，才明确地知晓，事实上，崇明岛正是新长江三角洲发育过程中的珍宝，你看那长江奔泻至入海口，宽袍大袖地减缓了流速，而几千里挟带而来的泥沙也终于如雪花飞降，于河的深处找到了归宿。那些细小到几乎肉眼都无法看清的沙粒经过了漫长时光的沉淀，极其耐心地日积月累，在无声无息之中，于长江口南北岸抹画出宽阔的滨海平原，同时又在江海之间形成了珍珠般的沙洲。

原来，积沙成岛。

相比之下，集腋成裘、积土成山、聚沙成塔都只能算是一般的功夫了。在这里，崇明岛经历了亿万年的积淀，又经历了千余年的涨坍和重组，成为江海的宏大叙事之一。

2021年，我在秋风吹动江涛的日子里来到崇明岛，沿岛行走之时，面朝江海连片的水面，不免遐想远途而来的泥沙就在眼前这摇动的波涛之下，多少年无怨无悔地随着浪潮的推拥，时而堆积，时而滑落，它们在散漫与凝聚之间，由无数次偶然走向必然，最终密不可分地凝固在一起。熟悉岛性的崇明人将这些盘结在水底下的沙礁称为"铁板沙"，它们已然化沙为铁，从泥沙俱下中的微不足道变为这座岛赖以支撑的基石和筋骨。

秋风一阵阵吹过，江海之间的波涛传来细碎的回响，若不凝神去听，在这人声嘈杂的岸边根本感觉不到，但在这短暂的伫留之时，我却分明听见了，那切切的，自大海深处一层层传递过来的絮语，漫延着，经久不息。那一定潜藏着某种历史的回声。在水与岛拥偎拍打之间，时光悄然而过，倏忽千年，你不禁会悟到，人只有与大自然不离不弃，以无穷的耐心代代相守，才会有岛之今日。

二

一群穿着鲜亮的上海人在岸边照相，吴侬软语唠唠嘈嘈，那里立着一块巨石，上刻《崇明海塘碑记》，碑朝大江，背后则是车水马龙的街道和楼房。岛上有滩涂良田，也有人烟稠密的市井高楼，人们称崇明岛是上海的后花园，如今有了交通的便捷市民，市民从黄浦江来此如穿梭一般。

走进崇明博物馆，可以清晰地看到动态的崇明岛历史绘图。唐朝时，它只是两枚大江与海洋孵出的绿色蛋，人们从一开始对沙洲的来历就心知肚明，知道它们是沙的结晶，于是直接以沙命名，将它们称为东沙、西沙。到了宋代，江口又出现了新的两枚沙洲，并且有了人烟和姓氏，便以这居住者的姓作为岛名将它们叫作姚刘沙。而之后渐渐地，沙洲接二连三浮出水面，就像一个个新生的孩子，逐一面世。

大江是孕育这群孩子的母亲，大海则是接纳它们的父亲，那一个个于江海怀抱之中诞生的沙洲，正是长江和大海完美结合的新生命。

它们如婴儿一般渐渐长大，经过元朝、明朝，到清朝时期，那些分散的沙洲日益丰满壮实，最后终于连成一体，成为一个长200里、宽40里的大岛。那是由好些个"沙"结聚而成的。日隆沙、永安沙、平安沙、仙景沙、利民沙、协旺沙、东三沙等30余沙，这些"沙"的名字，都是四面八方挑着担子，扛着织机和锄头到此谋生的打鱼人、种田人、织布人叫出来的，那是他们对脚下宝贵的土地及未来的满心期待。他们最初或许是因为逃荒、避乱，也或许是相中了沙洲土地的肥沃、江海的宽阔，总归是一代代扎下根来，从此在岛上生生不息。

江海孕育了大岛，自然是恩比天高，但江海也是性格豪放、严厉而并不迁就于忸怩作态的。江海之间的崇明岛，每日昼夜要接受两次潮汐的奔涌，潮水平顺时只是掀起齐腰深的波浪，形同嬉戏，而狂放时则高达数丈，大有吞噬摧毁一切之势。可想而知，那些小小的沙粒只能任由摆布，即使有了人的加固也时常经受不起剧风激浪，岛上历代兴建的土城不得不数次迁徙，自元代开始，到明代已经历了五迁六建。

但尽管如此，这座岛仍逐渐成为世界上最大的河口冲积岛，中国继台湾岛、海南岛之后的第三大岛，有着诱人的平展肥沃的土地，可以采盐，可以种稻，可以眼见那些蓬松的芦苇，以及看似柔软却也利如刀剑的关草和丝草装点着河边路旁、岸坡、田间，种什么长什么，即使灾荒年月，也会有摘不尽的野菜、沟渠里随手可捧的小鱼小虾用来果腹。那是可以养育万物的土地，正所谓"九州美壤"。

"九州美壤"，这个专门形容崇明土地的词，听来让人爱极了。这是从出生于崇明岛的诗人徐刚那里得知的，他住北京几十年，却是常常宣称"我的家乡在崇明岛"，而每当说到此，一定是在他最愉悦、最动情之时，这位年过七旬的诗人已是满头白发，而在对家乡的回忆之中回到了少年。我问"九州美壤"一词来自何处，他说是写在崇明县志里。

崇明人好学，留下的诗文里便有"江左文风擅古瀛，茅檐随处读书声"之句，自古以来崇文尚教，历代科举人才辈出，有这一句"九州美壤"便道出了崇明的根基。呵，自青藏高原而来的 6300 公里的长江，两岸该有多少肥土玉沙，养育得一路奇花异草、五谷飘香，"长江几千里，万折必归东"，那些沙土随大江汇聚于此化作了良田沃土，好一派九州美壤。

三

岛的天然与人的辛勤相得益彰，崇明岛上好风景。

这座满载着中华大地基因的沙岛，经历了千年沧桑，如今智慧地选择了"生态立岛"的未来，定位于建设"世界级生态岛"。

经营绿色农业、生态产业，如今在崇明岛已成热门话题。从前，岛上的居民多以渔樵为生，种植谷物、香料和中药材，以及薯类、瓜果和蔬菜等。

崇明的棉花尤其享有盛名，早年民谣里就有"织机声彻夜相应"之说，可见崇明人的勤劳，也可见此地的棉花及纺织在上海、江苏、浙江各地之供不应求。但在今天，人们越来越意识到，崇明岛已成为国际大都市上海最为珍贵、不可替代的生态空间，经过多年的努力，岛上的产业转型与民生福祉已得到双提升，水、土、林、气、滩的生态环境良好，生态、生产、生活可谓"三生共赢"。

九州美壤，滩涂广阔，供养出百余种可食用、药用的草类，常见的有益母草、苍耳草、佩兰、泽漆草……还有被诗人经常吟诵的芦苇、苦草、粉黛乱子草。"蒹葭苍苍，白露为霜。所谓伊人，在水一方。溯洄从之，道阻且长。溯游从之，宛在水中央。"（《诗经·蒹葭》），这样的诗情画意近些年重新再现。人们说，一个地方的生态环境好不好，先看看鸟是不是往那飞、鱼是不是往那里游。如今，崇明岛森林资源和滩涂资源大幅跃升，在东滩鸟类国家级自然保护区，这座中国规模最大、最为典型的河口型潮汐滩涂湿地上，丹顶鹤、天鹅等珍稀鸟类，每年都会有290多种、超过100万只在此栖息或过境，受到众多国内外鸟类学和生态学研究者的关注，被世界自然基金会（WWF）列为具有国际意义的生态敏感区和全球湿地生物多样性保护的热点地区之一。近年来，崇明岛还与联合国环境规划署、人居署、粮农组织、教科文组织等建立了良好的合作关系，在生态、科研、农业等领域开展了大量的合作交流。

恰在我们去往崇明岛的前不久，岛上刚刚举办了中国第十届花博会。为了抓住举办花博会的机遇，崇明默默蓄力，用三年的筹备周期实现了这座生态岛的美丽蝶变：通过"四横七纵"基础设施的建设，环岛景观道等一批骨干路网四通八达；同时修复河道生态和人居环境，呈现出"白墙灰瓦坡屋顶，林水相依满庭芳"的乡村美貌；特别让人惊艳的是全力发展花卉园艺产业，扶持现代花卉园艺生产示范基地和龙头企业，鼓励产业科研投入，智能化、精细化扶持种苗创新发展，花博酒店、花博民宿、花博人家遍布岛上。

这次花博会，开在乡村和森林里，展示了几千个花卉品种，白玉兰、荷花、羽扇豆、金鸡菊、水仙、琼花等，花团锦簇、万紫千红，将崇明岛变成了鲜花的海洋。人们说，崇明是由中华大地一粒粒沙子聚成的，眼下又有来自全国各地的一粒粒花种子撒在岛上，越加散发出中华大地的浓郁芬芳。

我们去时已是秋天，岛上仍处处飘荡着花香，恰好住在一处名叫"海上花岛玫瑰庄园"的农庄，主人陈政正是一位种玫瑰的人。他和他的团队采用了传统与科技相结合的种植技术，栽种了1200亩玫瑰，这是应运而生的生态产业，也是华东拥有最多种植品种的玫瑰基地，其中有自研的盛政一号、中国红重瓣玫瑰，还有金线、桃香、和音等稀有品种。美丽的玫瑰经由他们的精心栽培和自主研发，已经形成了一条新型的产业链，有了食品、化妆、洗护、芳香、文创五大门类产品，可观赏、可食用、可养生，甚至还可穿戴，令人惊讶。

行走在香气四溢的玫瑰园里，人会随之心情愉悦，再多的烦忧似乎一时间也都消散开去。你看那玫瑰花儿虽没有牡丹艳丽，也不似荷花全然清雅，还带着坚硬的刺，却天生一种傲然，花开得紧凑精致，就连花瓣也像是透着生命的力度，不显娇嫩而显高贵。

崇明岛上玫瑰，倒是随了这岛的性情。

就在我回到北京，撰写这篇文章之际，从新闻里看到上海市政府近日正式印发了《崇明世界级生态岛发展规划纲要（2021—2035 年）》，其美好愿景即在 2035 年，崇明世界级生态岛将成为人与自然和谐共生的"中国样板"，并以此集萃长江经济带"共抓大保护"的真实成果。

那是令人十分向往的未来，崇明岛将成为国际大都市中的宜居乐土，无数的花儿将为此面朝大海，年年盛开。

叶　梅

多年从事文学写作、编辑，现为中国散文学会会长，中国国际笔会中心副会长，近期作品有长篇人物传记《梦西厢——王实甫传》，长篇报告文学《大对撞》《粲然》，小说集《玫瑰庄园的七个夜晚》，生态散文集《福道》等。有多部作品被翻译成英、法、日、韩、蒙古、阿拉伯、印地语、保加利亚、俄罗斯等文字。

玫瑰是有门的
——且为崇明岛树碑 ☀

王久辛

玫瑰是有门的。且直接通到心门。只有从心门出来，经过必须经过的路径——心路，比如痴迷，忘我，专注于游丝般的情感，而且目标始终如一，恒定、长久、不变，才可能发现罅隙如茸茸之毛的门缝儿；然后，又必须合着她的茸毛之小而又小、窄而又窄的缝儿，才有可能叩开、挤入玫瑰之门，探得玫瑰心之堂奥广庭。

是的呢。她的渺小就是她的高大。她的狭窄就是她的宽阔。你不顺着她的小，她的窄，你就别想进入她庞大得无涯无际的世界。当然，一旦进入，豁然开朗，瞬间绽放，那个高大宽阔的感觉，如被大海吞没，云洋蒸腾。不过呢？这些都是形容词儿，事实是：玫瑰能瞬间让一个人爱上另一个人，像一个人瞬间看到了昙花一现的伸展腰肢、绽开金色花蕊，又通过散放出来的玫瑰的香精之魂的弥漫，将每一粒儿的空间充满了沁袭人心脾的力量。那是谁呀？我有迷魂招不得啊！是李太白先生吗？被玫瑰香魂缠住了心儿，一缠就是两千多年，走不了了吧？出不来了吧？那你就待在唐长安的兴庆宫吧。那儿的玫瑰有七种不同的颜色呢，出不来就出不来吧。反正是被玫瑰迷了，如入仙境幻觉之界。美着呢。

有一个人，他看到了此情此景，他说，他自信地说，深信不疑地说——我有一个小岛，当然是心之岛，那谁谁？那个叫玫瑰的少女散发出来的玫瑰香，一直怂恿着他，要他在他的心岛之上遍植玫瑰，她说她喜欢玫瑰。是吗？你喜欢？为什么我也喜欢呢？这就是情投意合吗？牵强了啊！但是为什么我们会同时喜欢到了一起呢？其他的都不重要，重要的是：我们都喜欢。他们

玫瑰花海

散文

都喜欢。这个问题很关键，是关乎一个岛的未来与两个三个四个乃至 N 个人幸福的大事情。值得想象。

他在问：我心上的小岛是圆的吗？嗯，是的呢。自问自答。好。是圆的我就绕着圈儿地种，一圈儿又一圈儿，圈圈儿里面又圈圈儿，圈圈儿种玫瑰，玫瑰圈圈儿种，一直把小岛种成一个大大的圆形的玫瑰园，刚好可以把十五的月亮套进来圈进去，也可以把早晨初升的太阳圈进去套进来，然后，将玫瑰的红艳，与月亮的银白，太阳的金黄，融合在一起，上下天光，通红无比，香漫天涯，像我的心，可以献给她，她会感动吗？他点点头，又摇摇头，自言自语："我不知道。"不知道才能产生要知道的力量。是的呢，此刻，力量开始汇聚了。

不过，不过那岛若是八角形的呢？是八角形的，我就沿着边一个角一个角地种玫瑰，种成一个大大的八角玫瑰园，让玫瑰盛开的玫瑰红玫瑰黄玫瑰蓝玫瑰紫等等，向八方四面散射弥漫玫瑰香，不管她从八方的哪一个角儿上岸，都能被玫瑰的芬芳拥抱，我要让她知道——香魂红艳艳黄艳艳蓝艳艳紫艳艳围绕着她的香，就是她的呼吸，就是她的娇喘，让她每一次的呼吸，都是玫瑰花的色香味，都是玫瑰花的含情脉脉……能不能感染她，让她心动情动如潮涌？他不知道，也无法知道。那好吧，没有办法的时候，就去劳动，就去种玫瑰。世界上最难的事情，莫过于让一个人被另一个人感动，并热烈地爱上他。这是个无法想象的难事儿，必须用一个最劳累的事情，死死地拽着他摁着他让他为此而什么都不去想地劳动着，才能勉强抵抗这个难事儿给予他的痛苦。好吧，好吧，我去种玫瑰了，什么也不想了……

他在种玫瑰。挥汗如雨地种玫瑰。还是在那座心之岛上吗？是的呢，还是。这回小岛变成了一座山，而且巉岩嶙峋、猿猱都要愁攀援的山。艰难无比，险阻道道，他不管不顾，就顺着山根儿一株一株地往山上种，沿着山脚儿一棵一棵地往山上种，沿着山崖畔畔儿一簇一簇地往山上种，种各种颜色的玫瑰，一团团，一片片，一直种到了山尖尖儿上。山尖尖儿上有蝴蝶，山尖尖儿上有蜜蜂，山尖尖儿上有她美丽动人的大眼睛，大眼睛里面有玫瑰，玫瑰的花蕊蕊里面有个她的幻影呢。

山上的玫瑰开呀，

我到你的心上来；

你心上有座山呀，

嗬满山的玫瑰开……

玫瑰是有门的。他这是要进玫瑰门了吗？嗯，山高人为峰。峰上那位种玫瑰的男人心上，是漫山遍野的红玫瑰黄玫瑰蓝玫瑰紫玫瑰……那是玫瑰的波谷浪峰，是玫瑰的奇香弥漫。在太阳下，

是斑斓的交响；在月光下，是浮游的香魂灿灿。人世间最美的风光，莫过于从心而外的风光，完全彻底地融汇在一起——眼前的，是心上的；心上的，是眼前的。置身于这样的情境之中，谁能不被感染，不被征服，不被深深地爱上呢？

嗯，一定有人被感动，

并且被爱上了。

这动人的，也是刻骨铭心的境界，只有心力之上的坚韧不拔与智慧才华的集合——才能创造。绝对不是神话，不是传说，是我根据一个人种玫瑰的亲身经历而幻化出来的一个真实的寓言，甚至也不是寓言，就是一个男人种玫瑰的个人经历。谁的经历？这并不重要。重要的是：你可以把他想象成王先生、李先生、张先生等等，因为他就是一个普通人——这是一个普通人创造的一个普通人创造不了的业绩，包括这个业绩中的爱情主人翁的爱情故事……

现在，这位主人翁就坐在我的身旁，当我问他种玫瑰的缘由与经历时，他的脸腾的一下子就飞红了，头也立刻羞涩地低了下来。这是一位非常内向而心灵又非常丰富且细腻的男人。不善言辞，只重行动。嗯，您欣赏过男人的羞涩吗？玫瑰在将开未开之际遇到风的询问时，也会这般羞涩呢；还有月亮将圆未圆时遇到云的打亮时，也会这样含羞呢。也许传统观念里的男人都是刚毅果敢的，几乎没有什么人会在意男人的腼腆与羞赧，而实际上男人害羞的窘态正暴露了男人内心深处的光芒，那是被看穿了心思后的自然反应，也是遮掩不住内心深处真感情的无处安放的赤诚流溢，要知道，我所要介绍的这位种玫瑰的男人，他可是全国的拳击冠军呢！

嗯，我们来想象一下他在拳击场上击败一个又一个对手时的情景吧？凌厉、迅猛、准确、灵活，缠斗的僵持与被打的躲闪腾挪，被冲拳打晕了却腾跃而起的狂猛进击…… 他桂冠的赢得与他种玫瑰的付出，我几乎不能区分出哪一个多了那么一点儿，哪一个又稍稍少了那么一点儿。我能感觉到的是：那都是他拼了命赢得的，没有一丁点儿的水分。

然而呢？讷于言而敏于行的他没有告诉我他种玫瑰的缘由、过程与细节，怕说起来比较费劲吧？务实之人都喜欢直奔主题，于是我看到，他下意识地回身，从他的产品——玫瑰香精的系列包装盒里，取出了一张照片，照片上的美少女，不用问，无疑就是他的心上人——没错，您也一定猜中了。他为她的喜欢玫瑰而爱玫瑰种玫瑰。而且是一种就种八百亩，一千三百亩，一千八百亩，不仅花岛上种，而且老家无锡种，还种到了德国，种到了法国……

他不是要附和着心上人说"我喜欢玫瑰"，而是要爱就真的爱，用行动去爱，用一棵一株一团一片去爱，用具体到一棵一棵地种成一条河、一片海、一个汪洋恣肆的世界——去爱。女人最受不了的，就是这种在人心上种玫瑰的爱，层层叠叠，复压三百五百一千八万爱的实实在在的行动……

男人嘛，干就干到极致。

于是乎，他又开办玫瑰花系列产品工厂，从吃的到用的，从摆的到闻的……最重要是：他所有的产业都源于对玫瑰花的爱，包括产业主更是他爱的核心，即从心而外都是他初心的玫瑰 ——现在，他美丽的妻子全权打理经营着他所有的玫瑰产业，他说他现在只负责一个字的工作，那就是——爱。

嗯，玫瑰是有门的。

王久辛

首届鲁迅文学奖诗歌奖获得者。中国诗歌学会副会长，中国作家协会诗歌专业委员会委员。

乡土、乡亲和乡贤
——在故乡崇明岛的一次演讲 ☀

赵丽宏

乡贤是什么？以前对这个词的认识，乡贤，就是乡村中的贤达之士，他们有仁有义，有才有德，是为家乡的民生和文化做出奉献的人。这些看法，仍有道理。而当下的乡贤文化，又出现了多少新的意涵，这是值得探讨的一个话题。我今天以《乡土、乡亲和乡贤》作为演讲的题目，并非标新立异，而是想就这个话题说一点发自我内心的真实感受。

乡土和乡亲，和乡贤有什么关系？我认为，这是一个基础，是一个源头，如果没有乡土和乡亲，乡贤就是无本之木，就是空中楼阁。一个人，如果不爱自己的故乡，便和乡贤毫无关系。故乡是什么，故乡就是乡土和乡亲。

人类最深沉的感情，是对土地的感情。这种感情绝不是虚无缥缈的，它们很具体，每个人，对土地的感情都会有不同的体验和表达方式。很多年前，当日寇的铁蹄践踏我们的大好河山时，诗人艾青写过这样两句诗："为什么我的眼里常含泪水？因为我对这土地爱得深沉……"当时读这样的诗句，曾使很多心怀忧戚的中国人泪珠盈眶、热血沸腾。大半个世纪过去，时过境迁，今天我们读这两句诗，依然让人怦然心动。为什么？因为，人们对土地的感情依旧。尽管土地的色彩已经有了很多变化，但是中国人对历史、对民族、对祖国、对自己故乡的感情并没有变。说到土地，就使人很自然地联想起与之关联的这一切。古人说："血土难离"，这是发自肺腑的心声。三十年前，我第一次出国访问，去了美国。在旧金山，我访问过一位老华侨，在他家客厅的最显眼处，摆着一个中国青花瓷坛，每天，他都要摸一摸这个瓷坛，他说："摸一摸它，我的心里就踏实。"我感到奇怪。老华侨打开瓷坛的盖子，

梦中橄榄树

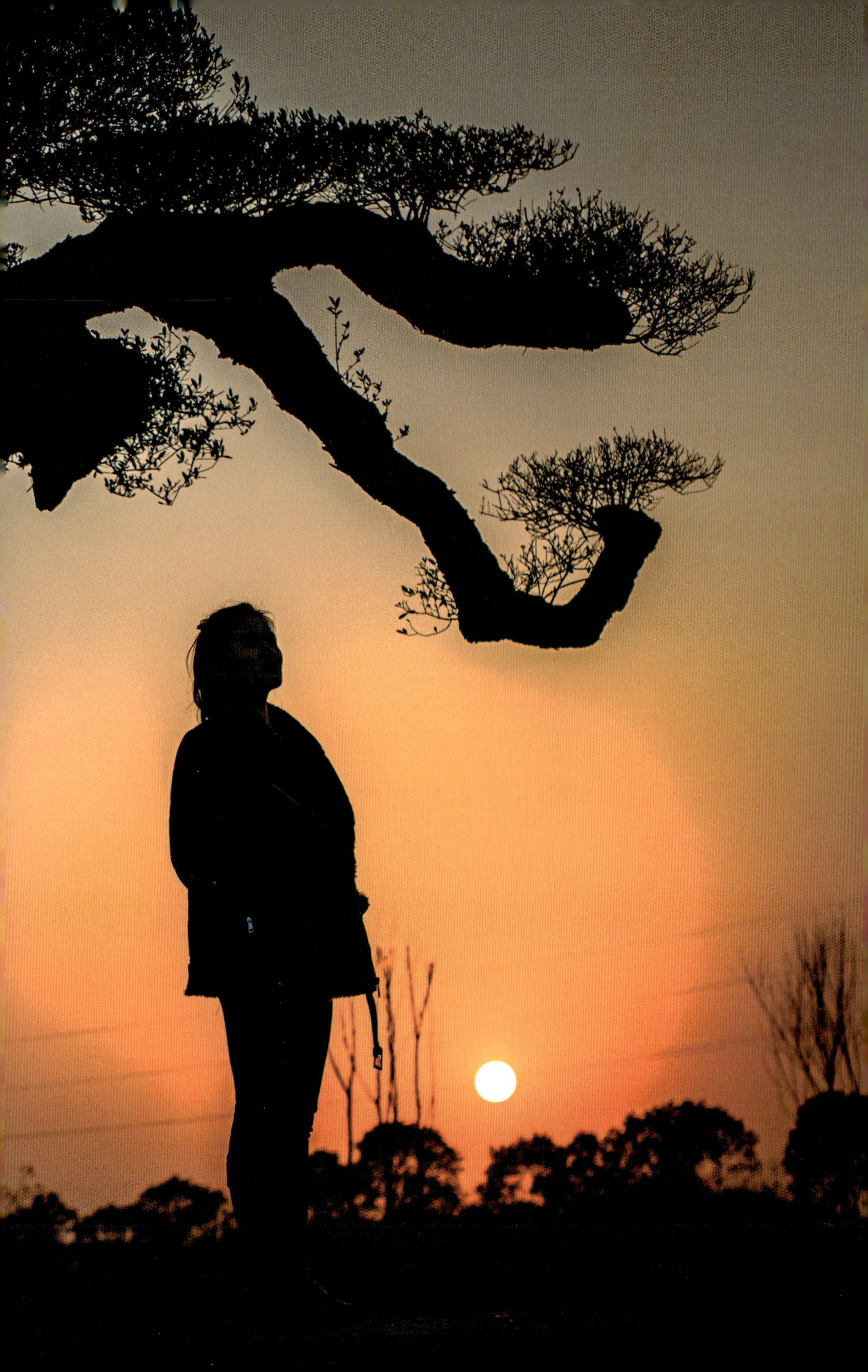

只见里面装着一捧黄色的泥土。"这是我家乡的泥土，五十年前，漂洋过海，我怀揣着它一起来到美国。看到它，我就想起故乡，想起家乡的田野、家乡的河流、家乡的人，想起我是一个中国人。夜里做梦时，我就会回到家乡去，看到我熟悉的房子和树，听鸡飞狗跳，喜鹊在屋顶上不停地叫……"老人说这些话时，双手轻轻地抚摸着这个装着故乡泥土的瓷坛，眼里含着晶莹的泪水。那情景，使我感动，我理解老人的那份恋土情结。怀揣着故乡的泥土，即便浪迹天涯，故乡也不会在记忆中变得暗淡失色。看着这位动情的老华侨，我又想起了艾青的诗句："为什么我的眼里常含着泪水？因为我对这土地爱得深沉……"

艾青是金华人，在他的故乡，他当然就是让家乡人引为骄傲的乡贤。我在美国见到的那位华侨，后来倾其所有，投资家乡的建设。他当然也是乡人心目中的乡贤。他们对家乡的贡献，源于对土地的感情。我想，天下所有被称为"乡贤"的人，都是源于这样的感情。

最近，我在读苏联女诗人茨维塔耶娃的诗，她流亡在法国时，对俄罗斯的土地日思夜想，她曾用这样的诗句来表达她的思念："你啊！我就是断了这只手臂，哪怕一双！我也要用嘴唇着墨，写在断头台上：令我肝肠寸断的土地——我的骄傲啊，我的祖国！"这样震撼人心的诗句，饱含着对乡土，对祖国何等深挚的情感。

对土地的感情，其实就是对故乡的感情，也是对祖国的感情。这种感情，每个人大概都会有不同的经历和体会。我的祖籍是崇明，但我出生在上海市区，在城市里度过了童年和少年。如果没有后来下乡的经历，故乡在我的记忆中也许是模糊的。很多年前，作为一个下乡"知青"，我曾经在崇明岛上种过田。那时，天天和泥土打交道，劳动繁重，生活艰苦，然而没有什么能封锁我憧憬和想象的思绪。面对着脚下的土地，我经常沉思默想，任想象的翅膀自由翱翔。崇明岛在长江入海口，面东海之浩瀚辽阔，率大江之曲折悠长。

崇明岛的形成，来源于长江沿岸的千山万壑，来源于神州大地上的五色泥土，虽是一片沙洲，却是神州的一个缩影。就凭这一点，便为我的遐想提供了奇妙的基础。看着脚下的这些黄褐色的泥土，闻着这泥土清新湿润的气息，我的眼前便会出现长江曲折蜿蜒、波涛汹涌的形象，我的心里便会凸现出一幅起伏绵延的中国地图，长江在这幅地图上左冲右突、急浪滚滚地奔流着，它滋润着两岸的土地，哺育着土地上众多的生命。它也把沿途带来的泥沙，留在了长江口，堆积成了我脚下的这个岛。可以说，崇明岛是长江的儿子，崇明岛上的土地，集聚了我们祖国辽阔大地上各种各样的泥土。我在田野里干活时，凝视着脚下的土壤，情不自禁地会想：这一撮泥土，是从哪里来的呢？是来自唐古拉山，还是来自昆仑山？是来自天府之国的奇峰峻岭，还是来自神农架的深山老林？抑或是来自险峻的三峡、雄奇的赤壁、秀丽的采石矶、苍凉的金陵古都……

有时，和农民一起用锄头和铁锹翻弄着泥土时，我会忽发奇想：在千千万万年前，我们的祖先会不会用这些泥土砌过房子，制作过壶罐？会不会用这些泥土种植过五谷杂粮，栽培过兰草花树？有时，我的幻想甚至更具体也更荒诞。我想：我正在耕耘的这些泥土，会不会被行吟泽畔的屈原踩过？会不会被隐居山林被陶渊明种过菊花？这些泥土，曾被流水冲下山岭，又被风吹到空中，在它们循环游历的过程中，会不会曾落到云游天下的李白的肩头？会不会曾飘在颠沛流离的杜甫的脚边？会不会曾拂过把酒问天的苏东坡的须髯？……

荒诞的幻想，却不无可能。因为，我脚下的这片土地，集合了长江沿岸无数高山和平原上的土和沙，这是经过千年万代的积累和沉淀而形成的土地，这是历史。历史中的所有辉煌和暗淡，都积淀在这片土地中，历史中所有人物的音容足迹，都融化在这片土地中——他们的悲欢和喜怒，他们的歌唱，他们的叹息，他们的追寻和跋涉，他们对未来的憧憬……

土地、乡土，这是蕴含着多少色彩和诗意的形象。崇明岛的土地，在我的人生和情感的记忆中，和无数美好的事物联系在一起，在这片土地上生长的，都是美好。春天金黄的油菜花、红色的紫云英，夏天的滚滚麦浪，秋天的无边稻海，连田边地头那些无名野花，也美得让人心颤。这片土地上的植物，最让我感觉亲切的，是芦苇。崇明岛上，到处可以看到芦苇的倩影，在每一条河道沟渠边上，在辽阔的江畔滩涂，在逶迤的长堤上，芦苇蓬蓬勃勃地生长着。春天，芦芽冲破冰雪的封锁，展现着生命的顽强；夏天，芦叶摇曳着一片悦目的翠绿；秋天芦花开放时，天地间一片银白，那是生命辉煌而悲壮的色彩。芦苇曾经为崇明人的生活做出很多奉献，芦叶可以包粽子，芦花可以扎扫帚，芦苇秆可以编芦席，编各种生活器皿，可以盖房子，甚至可以用来做引出地下沼气的管道。我曾经用自己的文字赞美过芦苇，写过诗，也写过散文。我当年写的《芦苇的咏叹》，曾以芦苇为寄托，写出了我对故

乡，对人生的深沉情感。我的朋友焦晃先生，曾在全国各地的各种场合朗诵这首诗，在焦晃声情并茂的朗诵中，人们可以感受到一个崇明人对乡土的深情。

　　一棵小小的芦苇，可以凝聚所有故乡的信息和情思。无论走到什么地方，哪怕天涯海角，异国他乡，只要看到芦苇的身影，我都会情不自禁地想起家乡的土地，想起故乡的亲人。这是很神奇的事情，也是很自然的事情。苏联诗人茨维塔耶娃对家乡的花楸果树情有独钟，流亡在国外时，她曾经万念俱灰，她在诗中这样写："一切家园我都感到陌生，一切神殿对我都无足轻重，一切我都无所谓，一切我都不在乎。然而在路上如果出现树丛，特别是那花楸果树……"一棵花楸果树，可以把相隔万里的故乡一下子拽到她的面前。她的花楸果树，正如同我的芦苇。

从乡土中生长出来的，还有乡音。崇明人的祖先，来自四面八方，东西南北的方言，在这里融合交汇，酝酿繁衍，形成了别具一格的交响。崇明岛的语言，有着极为独特的风格。崇明话中，有苏浙沪乃至全华东乃至全中国南北方言中的各种声韵和语法，还保留了很多在别处已消失的古语和古音。很多戏曲演员在舞台上模仿崇明话，但我没有听到一个演员能把崇明话真正说得惟妙惟肖，说一两句可以，多说几句，便露出了马脚。能把崇明话说得字正腔圆的，似乎只有在这片土地上成长生活的崇明人。我的

一 散文 一

父亲年轻时就离开故乡到上海创业，但一口乡音至死不改。我在崇明"插队落户"时，乡音对我有了更为温暖深刻的熏陶和浸润。对崇明话叙事状物抒情的生动活泼，我一直为之感慨甚至惊叹。尤其是那些乡间谚语，凝集着故乡人的智慧和幽默。譬如对那些不可能发生的稀罕事，崇明人说："千年碰着海瞌聪（瞌聪，即打瞌睡）"；描绘冬天的寒冷，崇明人说："四九腊中心，冻断鼻梁筋"。而那些歇后语，更是表现了崇明人的机智和幽默，譬如："驼子跌在埂岸上——两头落空""毛豆子烧豆腐——一路货"。

乡音衍生于乡土，对故乡的情感记忆，离不开乡音。游子远走他乡时，如果耳畔突然想起熟悉的乡音，那种亲切和激动，语言难以描述。这种感觉，和我在他乡异国看到芦苇时的感觉差不多。前一阵社会上曾起过争论：是不是要保护方言？其实这是无须争论的，方言，就是乡音，如果消灭了方言，消灭了乡音，那么，中国人的乡情、乡思、乡愁，便无以存身，无以寄托。

现在来说说乡亲。乡亲，就是故乡的亲人，他们未必是你的亲戚，只是在同一片土地上生活，说着同样的乡音，吃着同样的粮食，面对着同样的山水和天空，心怀着同样的悲欢和忧愁。此刻在这里聚会的，大多是我的乡亲。我们在这里谈乡贤文化，必须谈谈对乡亲的认识。如果没有对乡亲的情感，乡贤便是一句空话，或者是假话。

当年，我从上海市区到崇明岛"插队落户"，在崇明岛工作生活的时间先后长达八年。故乡在我的记忆中，印象最深刻的，是我的乡亲。我写过一本记录下乡岁月的散文《在岁月的荒滩上》，在书的序言中，我是这样开头的："如果有人问我，到了弥留之际，你的脑海中必须出现几张让你难以忘怀的脸，他们会是谁？我将毫不犹豫地回答：我会想起年轻时代，想起我'插队落户'时遇到的那些乡亲。在我写这些文字的时候，他们的脸一张一张地出现在我的面前，那些被阳光晒得又红又黑的脸膛，那些仿佛刀刻出来的皱纹，那些充满善意的目光……在我失落迷惘的时候，他们注视着我，向我伸出仁慈的手，使我摆脱孤独，使我明白，即便是在泥泞狭窄的道路上，你也可以走向辽阔，走向遥远。”

这些话，是我的肺腑之言。今天站在这里，我的面前又出现了那些善良的面孔，出现了那些仁慈的目光，我的耳畔，又响起了他们的声音，那是人间最温暖的声音。四十五年前，我十八岁，背着简单行囊到故乡"插队落户"。当时情绪低落，觉得自己前途灰暗，所有的理想和憧憬都变成了遥不可及的虚幻梦想。甚至连梦想都不再有。那时，住的是草房，点的是油灯，吃的是杂粮，生活的艰苦，我能忍受，难以忍受的，是精神上的孤独。我每天只是埋头干活，在旁人眼里，我是一个沉默寡言的人，一天到晚说不了几句话。乡亲们在默默地注视我。我觉得和他们没有什么话可以谈，我认为他们不了解我，不理解我。我能感受到他们对我的同情，出工时，他们让我干轻松的活，收工后，他们会送一点吃的给我。但是我想，我最需要的东西，他们不可能给我。我想读书，我想上大学，他们不可能帮我。然而时隔不久，我就发现自己的看法是错的，那些看起来木讷甚至愚钝的乡亲，是天底下最聪明最善解人意的人。他们虽然不怎么和我交谈，但他们发现了我最喜欢什么，最需要什么。后来有乡亲告诉我，他们发现，这个从城里来的知青，虽然看上去忧郁，也不说话，但只要拿到一本书，甚至只是一片有文字的纸，他的眼睛就会发亮，他就会沉迷其中。知道我渴望读书之后，没有人号召，我所在的那个生产队里的所有农民，只要家里有书，全都翻箱倒柜地找出来，送给我。我记得他们给了我几十本书，其中有《红楼梦》《儒林外史》《初刻拍案惊奇》《二刻拍案惊奇》《孽海花》《千家诗》《福尔摩斯探案集》《官场现形记》等等。农民认为只要是书，只要是印刷品，都给那个城里来的学生。我是来者不拒，照单全收。这些书，有的价值不菲，比如一个退休的小学校长送给我一套《昭明文选》，乾隆年的刻本，装在一个非常精致的箱子里，现在十万块钱也买不来。有的虽然没什么用，但却让我看到了乡亲们金子一般的善心。一个秋天的月夜，一个连自己的名字都不会写的八十岁的老太太，走很远的路，给我送来一本 1936 年的老皇历，让我感动得落泪。那个月夜，那个老太太，我永远不会忘记。

那时，我经常在收工后一个人坐在高高的江堤上看风景，看芦苇荡，看长江的浩瀚流水，看缤纷绚烂的日落。我的这种举动，在乡亲们的眼里有点奇怪，有点不正常。在这个村子里，不会有人一个人在江堤上一动不动坐一两个小时。他们认为只有两种人会这样，一种是精神病人，一种是万念俱灰、想自杀的人。一个在江堤上看守灯塔的老人，一直在暗中观察我，他盯我的梢，想保护我，拯救我。他是个驼子，满面皱纹嵌着一对小眼睛，形象极其丑陋，我发现他老是在我身边转悠，有点讨厌他，甚至想驱赶他。一天下午，一场雷雨即将降临，乡亲们都奔回家抢收晾晒的粮食，我一个人跑到江堤上看风景，我想看看大雷雨降临之前天地间的景象。就在我沿着高高的堤岸往下走时，从芦苇丛中冲出一个人，把我紧紧地抱住……我曾经在散文《永远的守灯人》中写过这位善良的老人。

是那些善良智慧的乡亲，用他们的关心和爱，帮助了我，教育了我，让我懂得，人间的美好感情，是任何力量也无法消灭的。

我离开插队的村庄时，村里的男女老少都出来送我，在村口，他们拉着我的手，喊着我的小名，让我无法举步。这样的情景，我永远也不会忘记。我想，无论我走到哪里，哪怕身在天涯海角，我的心和故乡亲人之间，会有一根无形的线，永远联系着，没有人能把它割断。这种感情，就像儿女和父母的感情。在中国人的传统中，父母在哪里，故乡就在哪里，父母的形象，就是故乡的形象。游子对故乡的思念，犹如儿女对母亲的思念。

在崇明岛上，乡亲之间，虽然没有血缘关系，却对年长者称寄爷，称寄娘，称伯伯，称妈妈，这样的称呼，把人与人之间的关系，拉得很近，很亲密。乡亲之间，亲如家人。我相信，这样的称呼，将天长日久地延续下去，因为，人间需要这样的感情。

对土地的感情，对乡亲的感情，对故乡的感情，是人间最深挚的感情。如果要用一个词来描绘这种感情，我想用"永恒"这个词。人间的这种美好的感情，是永恒的，她绝不会因时过境迁而改变，而失色。我想，所谓乡贤，必定心存着这样的感情。不管时代如何发展，世事如何变迁，我们的生活需要这样的乡贤之情。在当代，我们要弘扬先贤的精神，其实就是要弘扬对家乡的爱，人人都应该热爱自己的家乡，并且把这种爱落实为具体的行动，为家乡的成长和建设，为乡亲的幸福和安康，奉献自己的才智。使我深感欣慰的是，每次回到故乡，我都会听到一些好消息，家乡的年轻一代在成长，他们在各种领域展现才华，创造奇迹，为家乡带来荣誉，也为家乡的建设和发展出谋划策、添砖加瓦。他们中间，有的一直生活在家乡，有的在全国乃至世界各地闯荡，不管身处何方，他们没有忘记乡土和乡亲，尽自己所能反哺桑梓，回报故乡，这就是新时代的乡贤。我相信，这种新时代的乡贤，会越来越壮大，这种乡贤的精神，会一代一代地延续下去。

赵丽宏

诗人、散文家、小说家。1982 年毕业于华东师范大学中文系。中国作家协会全国委员会委员，上海作家协会副主席，《上海文学》杂志社名誉社长，《上海诗人》主编，华东师范大学、上海交通大学兼职教授。著有散文集、诗集、小说和报告文学集等各种著作九十余部。曾数十次在国内外获各种文学奖。散文集《诗魂》获新时期全国优秀散文集奖。2013 年获塞尔维亚斯梅德雷沃金钥匙国际诗歌奖。2014 年获上海市文学艺术杰出贡献奖。2019 年获罗马尼亚米哈伊·爱明内斯库国际诗歌奖，被推选为法国科学、艺术人文学院院士。作品被翻译成英、法、俄、西班牙、意大利、保加利亚、乌克兰、塞尔维亚、罗马尼亚、日、韩、阿拉伯、波斯、摩尔多瓦等多种文字在海外发表出版。

散文

盛世花岛行 ☀

杨晓升

金秋十月，上海的作家朋友安谅发来信息，邀我到海上花岛赏花。我问海上花岛在哪儿，安谅回复：上海崇明岛。我立马兴奋起来！

崇明岛，是中国除台湾、海南之外的第三大岛，前两岛我早已经去过，可迄今就是未去过崇明岛。崇明岛，也是中国第一大沙岛，长江入海口处的一颗明珠，那是作家徐刚、赵丽宏，编辑家张守仁的故乡，我早就心向往之，早就想一睹她的尊容、领略她的风采了。如今又获悉她"海上花岛"的美称，我怎么能不兴奋和激动？

——海上花岛，多么美丽迷人的名字，我脑海里霎时浮现想象中的美景：美丽的长江口，那卧蚕般的沙岛，蓝天白云下被四周的海水簇拥着，岛上鲜花盛开，姹紫嫣红，蜂飞蝶舞，香飘四溢，游人如织……那是多么令人神往的人间胜景啊！人未到，心先飞了。

乘坐高铁到了上海，我按活动约定到华珍阁艺术酒店集合，然后集体乘车前往崇明岛。同车的刚好是上海作协创联部副主任、崇明区作家协会主席杨绣丽，我们并排而坐，一路攀谈。杨绣丽告诉我，她本人就是崇明岛人，年轻时就到上海市区工作上班了，母亲目前都还在崇明老家生活。她说相比于上海市区，崇明岛过去就是农村，是贫困落后的代名词，即便是已经到市区工作的崇明人，有部分人也会羞于暴露自己的籍贯。我听了大诧，就我认识的作家徐刚、编辑家张守仁而言，他们虽身居北京，但印象中与朋友聚会见面，都口口声声说自己是上海崇明人，从未说自己是上海人或上海市区人，看来"腹有诗书气自华"，文化真能让人内心强大。不过必须承认，早年的贫困让人自卑，不仅是崇明，在全国确实也是普遍现实。

海上花岛

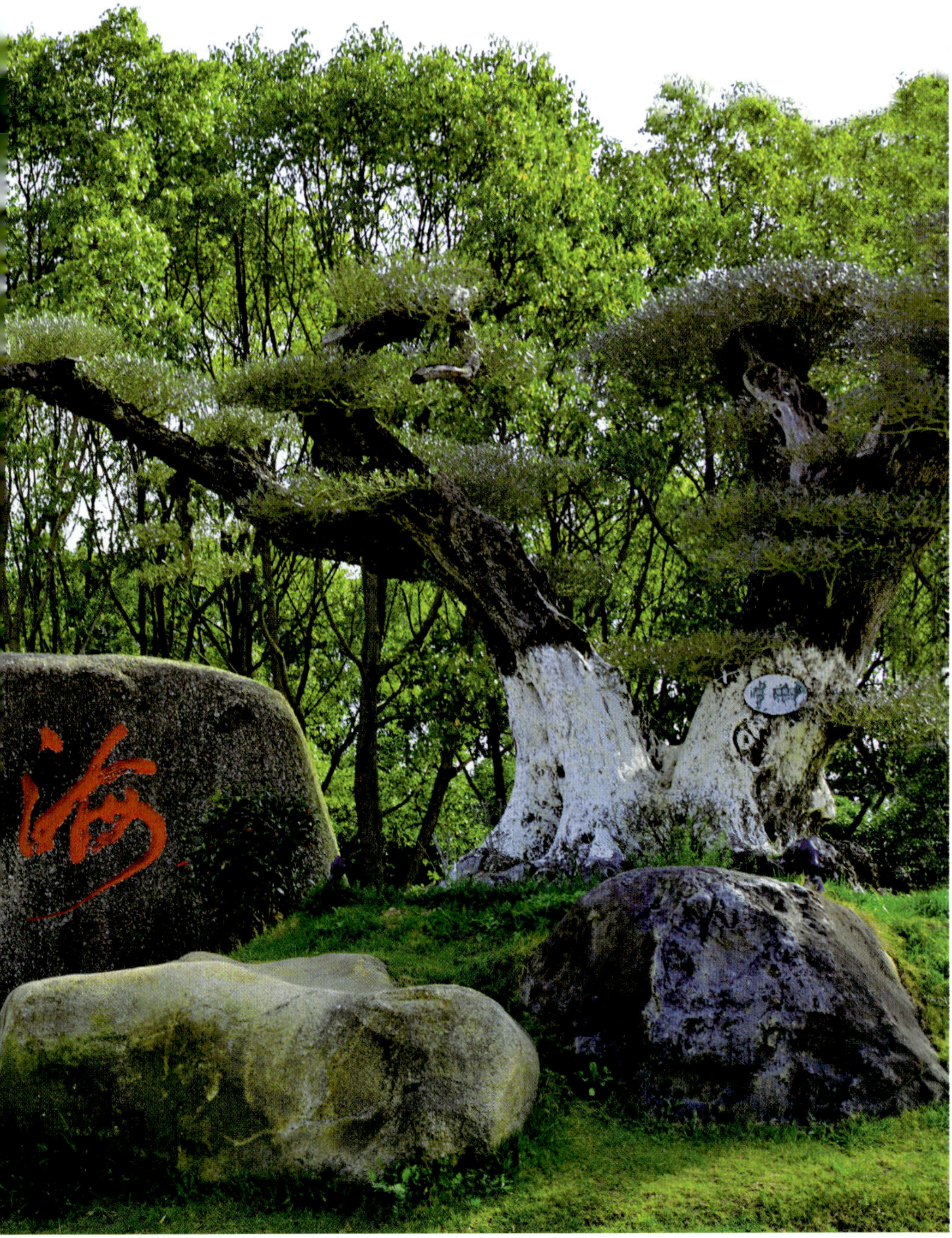
海

　　车过长江大桥，远处的崇明岛渐行渐近，逐渐收入眼底。长江此刻波光粼粼，宛如银色的玉带将崇明岛环绕。江面船只穿梭来往，远远近近，影影绰绰，让人感觉到长江江面交通的繁忙和长江口经济蓬勃发展的生机。

　　崇明岛屿位于长江口，西迎滚滚长江，南北两侧被上海和江苏隔江联袂夹击，东临广阔无垠的大海。崇明岛，也称崇明沙洲，是中国大陆海岸线的中点，全岛东西长76公里，南北宽13至18公里，形状狭长如卧蚕，面积约1000余平方公里，主要由长江输出的泥沙淤积而成。崇明岛是新长江三角洲发育过程中的产物，它的原身是长江口外浅海。长江奔泻东下，流入河口地区时，由于比降减小，流速变缓等原因，所挟大量泥沙于此逐渐沉积。一面在长江口南北岸造成滨海平原，一面又在江中形成星罗棋布的河口沙洲。日积月累，崇明岛便逐渐成为一个典型的河口沙岛。它从露出水面到最后形成大岛，经历了千余年的沉积变化。

岛的出现，是对生灵万物的珍贵馈赠。形形色色的植物出现了，飞禽走兽接踵而来。芦苇、关草、丝草、马齿苋、益母草、苍耳草、佩兰、泽漆草，是崇明岛植物中最茂盛的主人。湿润的海洋性气候，充足的阳光，充沛的雨水，让这些主人如鱼得水肆意疯长，它们与桃、梨、橘、杏、枇杷这些果树，还有高大的香樟树、银杏树、悬铃木等乔木一起，把崇明岛装扮成雾气氤氲、生机勃勃的世界。

花是这个世界的天使。崇明岛的花，有我们常见的菊花、桂花、玫瑰花、油菜花等等，也有我们不常见的旋复花和芦花。在崇明的众多的花卉中，旋复花，曾经是一种十分有名气、饮誉沪上的野花。它生命力旺盛，开花时金色一片，一朵一朵，密密匝匝，像极了小小的野菊花，属菊科植物，是夏秋季节乡间一道不可多得的美景。旋复花又叫金佛菊、六月菊、金佛草、天人菊。旋复花在炎热的夏季开得热烈，开得灿烂，开得满地金黄，开得激情奔放、赏心悦目。相比之下，崇明岛的芦花要低调得多，它偏居一隅，齐刷刷集结于江边滩涂湿地，一簇簇，一排排，一片片，将偌大的崇明岛沿岸紧紧簇拥，俨然如纪律严明的天然卫士，日日夜夜抵御着风潮侵袭，一年四季守卫着崇明岛的生灵万物、父老乡亲。芦花虽出身贫寒，可即便在寒冬，却也傲立寒霜；它虽然偏居一隅，却卓尔不群、不屈不挠，料峭春寒时新枝也会破冰而出，生命力异常顽强。无论春夏秋冬，无论风霜雨雪，无论酷暑严寒，芦花都斗志昂扬、坚贞不屈地屹立于崇明岛岸边，向世界宣告着自己生命的独立与存在。我们到中国十大湿地的崇明岛西沙明珠湖景区观光时，大片的芦花成群结队矗立江边，傲然挺立，迎风招展。芦花掀起的花浪如潮水般此起彼伏、绵延不绝，直至江边与水天一色的江天连成一片，如梦如幻。我不由得被眼前的景观陶醉了……

不过，如今的崇明岛上，最吸引游人的是并非旋复花和芦花，而是玫瑰庄园那种植面积达千余亩的玫瑰花。玫瑰庄园也即海上花岛，目前是岛上的AAAA景区，坐落于上海崇明国际生态岛中北部，距G40高速向化出口25公里，是国家生态旅游示范区、中国农业公园、全国农业旅游示范点、上海市农业旅游推荐单位、全国科普教育基地，也是2021年第十届中国花卉博览会的指定接待目的地。景区拥有得天独厚的原生态自然资源，坐享千亩玫瑰花海、百亩大草坪；景区还拥有人文景观"喜园"，自然科普类"自然奇景探险乐园""多种植物园""蝴蝶馆""萌宠动物园"，以及海上花岛生态度假酒店、海上花岛玫瑰庄园酒店、华珍阁艺术酒店、华珍阁古瀛四大酒店及多种特色民宿集群，还有最高可容纳1200人的花岛多功能会议中心、花岛酒吧和玫瑰汤泉等配套设施。同时，景区还开发了玫瑰系列护肤品、珠宝等文创产品，以及农业基地种植的多种农产品。

时值深秋，我们进入海上花岛景区，满园的玫瑰依然开得灿烂，与姹紫嫣红的其他花卉争奇斗艳，令人赏心悦目。漫步在花团锦簇、蝶舞鸟鸣，游人如织的园区，很难想象眼前这片土地数年前却是贫瘠落后的海岛乡村。假若追溯历史沿革，前卫村这片土地其实是1969年人工围垦而成，从大片水域中脱颖而出的。由于土地贫瘠，农作物生长基础差，居住在这里的农民一直难以摆脱贫困。海上花岛的开发，不仅让这里的景观改天换地、令人耳目一新，还让这里的农民获得了诸多的就业良机、逐渐脱离了贫困。村民们除了有部分到玫瑰庄园直接就业，游人的到来还带动了周边的民宿、餐饮和购物等消费，让更多的村民有了间接就业的机会。海上花岛集团每月为当地农民工发放工资就达二百六十余万元。难怪我在海上花岛的那两天，当地村民每天都精神抖擞、笑靥如花，那一张张笑脸与海上花岛万紫千红的自然之花交相辉映，将这里装扮成了令人神往的花海和人间仙境。

然而，海上花岛更吸引人，并且更具价值的是民俗之花和艺术之花。

在海上花岛，最亮眼的民俗之花当数中华喜园。中华五千年文明，"喜文化"绵延不断、滔滔不绝。对中国人来说，"喜文化"既是一种生活信仰，亦是一种生活哲学。喜园景区的内容有："红妆喜事"主题四合院展区、"与子同梦"千工床主题院落展区、"吉市老街"主题民俗互动区。穿过长廊亭榭，展现在我们眼前的是中式传统婚礼仪式广场：迎嫁下轿区，五子莲心广场。广场上可

为观众演绎亮轿、侍女傧相引领颠轿、落轿、三箭定乾坤等一系列仪式。

漫步在喜园的长廊亭榭和不同主题的展馆之中，三个四合院是"红妆喜事""与子同梦"和"百子乐园"。民国时期的婚帖是良缘喜结，明清时期的古床是同床共眠，20世纪的婴儿床是稚子初生……细细欣赏并品味着数千年中华文明喜文化中这些形形色色的历史见证和民俗馈赠，不禁让人沉浸在浓浓的喜庆氛围之中，也让人不由自主地联想起自己人生或亲人中婚庆嫁娶或喜得贵子等一系列欢乐时刻和美好情景……据介绍，喜园旨在打造中华婚俗博览园。

海上花岛的艺术之花，盛开在华珍阁。

华珍阁是海上花岛的艺术中心，位于华珍阁古瀛酒店之内。走近华珍阁门口，门内屏风两侧"诚交天下友，文聚天下英"的对联瞬间跃入眼帘。走进门内，右侧墙上的《华珍阁记》有这样的文字："方寸间而荟萃千里，弹丸地而森罗万象。于华珍阁，吸天地之灵气，得日月之精华，玩南北之奇珍，悟华夏之慧根……"不言而喻，华珍阁是海上花岛的藏宝之地，收藏着海内外形形色色的艺术品，也是海内外书画家艺术家作品展览交流的难得场所。门内的左侧墙上，则密密麻麻挂满海上花岛董事长陈政与海内外各类艺术名家交朋会友、切磋技艺的合影。以艺会友，以友识宝、鉴宝、藏宝，显然是陈政的艺术收藏之道。华珍阁里收藏的一件件展品，见证着陈政对艺术品和中国传统文化的喜爱，这种喜爱一如芦花对崇明岛的守护。陈政对艺术品的不断求索与收藏，一如积沙成岛的崇明，已经越来越丰厚、坚实、丰富、壮观。

据介绍，华珍阁艺术馆自创办以来，践行"扎根传统，立足当代，放眼未来"的宗旨，秉持"精英、精品、精彩"的理念，在中国当代书画、玉石陶瓷、木雕家具、杂项文玩等领域广泛涉足，华珍阁艺术馆收藏的各类藏品已近万件，常年展示近三千件。尤其是书画收藏，在全国范围内，将不同地域流派的艺术品汇聚于此，其中不乏名流大家的精品之作，弥足珍贵。作为收藏与交流当代艺术名家作品为主题的艺术馆，华珍阁坚定文化自信和文化自觉，以"盛政经典·翰墨华珍"系列活动作为平台，举办了一系列的大型活动。2017年举办了"华珍阁"杯《金刚经》书法大展，吸引了万余海内外书法爱好者踊跃参与，收藏了近5000份各类书体的《金刚经》书法作品，同时创造了新的吉尼斯纪录；2018年举办了首届上海中国创意藏品文化博览会，有109位中国工艺美术大师亲临博览会现场，有近300位中国工艺美术大师的作品参加了博览会展出，现场大师们相互交流、切磋技艺，与观众交流，让大众感受工艺美术的艺术价值和收藏意义。

步入华珍阁，馆内"花开中国梦，海上花岛行"——第十届中国花博会中国当代名家书画展仍未撤展。展馆里，名家作品荟萃，名作琳琅满目。此刻的展馆虽然已观众稀少，却也不难想象出当初花博会举办期间观众争相前来观赏名家画作时的盛况。

作为沪上早已名声显赫的企业家，陈政为何如此痴迷于艺术收藏？我在华珍阁门厅悬挂的陈政著文《因为尊重，所以收藏》中找到了答案："对如此林林总总的收藏——有人说，它是一种财富态度，在甲乙丙丁流转中实现增值；有人说，它是一种情感寄托，斋室灯光下把玩可尽享精神愉悦。但我们更认为，收藏是对我华夏文脉的保护和传承，是一份沉甸甸的责任和尊重。神州十万里，地大物博；华夏五千年，家和事兴。在如此广博的时空中，我们的黄土大漠山山水水都是文化，我们饮食起居絮絮叨叨皆具价值，更不必说王侯将相喜欢的金玉高堂，文人墨客的诗书画印。传承接着传承，故事叠加故事，我们的国度自然就厚重起来，一如浩瀚的大海，巍峨的高山。这难道不值得我们景仰尊重？！"

——多么睿智的认识，多么豪迈的壮语，多么富有远见、责任和担当的投资策略！

此时此刻，我终于意识到，崇明的海上花岛，的的确确已不仅仅是自然之岛，同时也已成为历史文化艺术之岛。此行我所欣赏到的，亦不仅仅是姹紫嫣红、风姿绰约的自然之花，还有美轮美奂、无与伦比的中国历史文化艺术之花。难怪这两天海上花岛金牌导游的解说总是那么悦耳、响亮、自信——

在我的中国梦里，这些花自远古便扎根在华夏，雨露滋润，日月精华赋予它们生命，而它们亦用多彩的生命渲染中华。这，是中华之美，是自然之美。而那些奔腾着的江河，巍峨雄伟的高山也无一不是自然所赋予中华的。正是这些自然之景造就了美丽中国。

花开中国梦，盛世花岛行！

杨晓升

男，广东省揭阳市人。原《北京文学》月刊社社长兼执行主编，编审，中国作家协会会员、中国报告文学学会副会长。有长篇报告文学《失独：中国家庭之痛》等各类作品 300 余万字。作品曾获第三届徐迟报告文学奖、新中国六十周年全国优秀中短篇报告文学奖、首届浩然文学奖、禧福祥杯《小说选刊》最受读者欢迎小说奖等奖项。

海上花开 ☀

梅雨墨

　　人这一生，总是有这样或者那样的遇见。遇见很美妙，也很偶然，也许是你从来不曾去过的地方，也许是你从来不曾打过交道的人，就在那一刻遇见了。这是一种缘分，可能会很短暂，但也可能会持续很久，最久的也许就是一辈子。

　　2021 年的 10 月，受安谅老师邀约，来到上海崇明岛，参加了"乡村振兴，共同富裕，谱写新时代"走进海上花岛百位著名作家金秋笔会。因为孩子在上海工作，所以去上海总是觉得很开心，小棉袄时间久了见不到还是会想的。不过，笔会才是我的主题，孩子只是顺带去看一下，关于这一点，我心里还是有数的。

　　不过，没有料到的是，崇明岛离上海市区还是蛮远的，车子走了大约 3 个多小时。好在有上海市作家协会和《新民晚报》的几位朋友一路聊着天，其乐融融，倒不觉得路途有多远了。我打趣道，我从淮南高铁站到上海虹桥站也不过是 2 个多小时，但是从上海华珍阁酒店到崇明岛的海上花岛居然跑了 3 个多小时，看起来，上海是真的大呀。这句话，引得一车厢的人哈哈大笑，不知道是笑我这句话说得比较贴切呢，还是在笑我这句话说得有些冒傻气。

　　等车子停稳当了，走下车来，还真是觉得和我起初的想法不大一样了。海上花岛是真的壮阔，后来知道居然有 6800 亩，当我看见"海上花岛"的那一刻，我的脸上不由自主地漾起了笑容，原来乍一看，我把"海上花岛"看成"海上花开"了。

　　"海上花开"与上海有极深的渊源，来自清代韩邦庆的小说《海上花列传》，曾被胡适称为"吴语文学的第一部杰作"，鲁迅则称赞它有"平静而

玫瑰庄园酒店

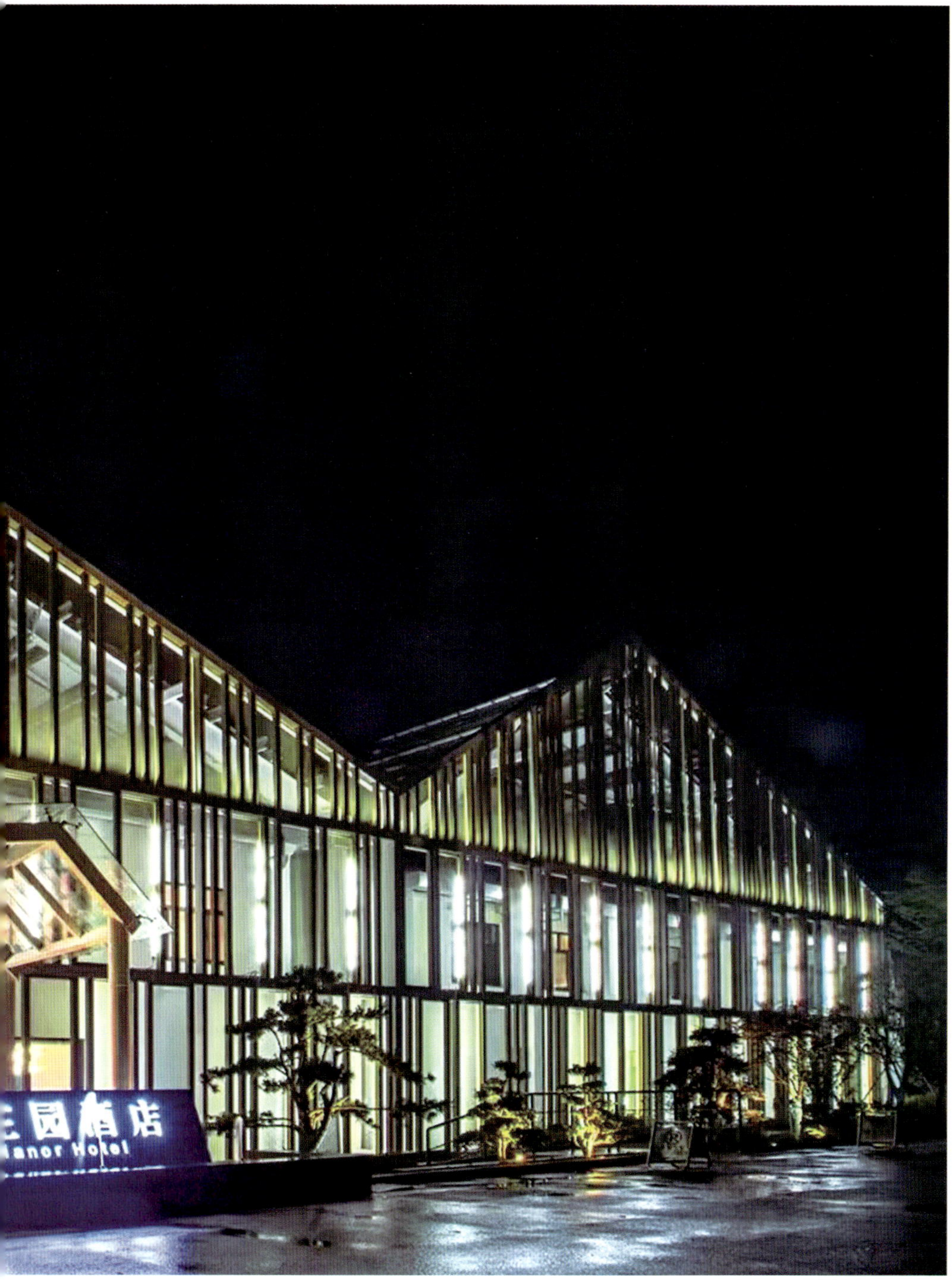
园酒店
anor Hotel

近自然"的风韵。韩邦庆 (1856—1894 年),曾用名寄,字子云,别署太仙、大一山人、花也怜侬、三庆等,松江娄县(一说华亭,今均属上海)人,清光绪年间考中秀才,被地方推选入国子监读书。有文才,却屡试不第,担任过《申报》撰述,偶尔也为报纸撰写论说,与《申报》主笔钱昕伯、何桂笙等时相唱和。著名沪上名家张爱玲将《海上花列传》视作《红楼梦》之后传统小说的又一座高峰,推崇备至,她为了去除书中的吴语对白对读者造成的障碍,将之尽数译为国语,希望能使更多的人读到并重视这部小说,并把注释过的《海上花列传》分为《海上花开》《海上花落》两本。还有就是 10 余年前,我那从事儿科医生工作的夫人到上海儿童医

院进修，返回淮上后医术颇为精进，平素她也非常喜爱文学，并且对张爱玲的作品尤为喜欢。七年前，她带着女儿重返上海滩，报考上海戏剧学院的戏文系，上戏的专业课必须在上戏本部考，共有三试。女儿不负期望，以一文《迷失》叙述张爱玲传奇爱情故事获得上戏青睐，在7800名考生中脱颖而出，获得一试胜利。后来，又"开挂"了一般，一直杀进三试，获得了寥寥无几、极为宝贵的上戏艺考合格证书。最终，凭借着出色的全国高考成绩加上上戏艺考合格证书，实现了自己求学上戏的理想。女儿那年也是安徽省唯一考上上戏戏文系的考生。为了纪念这两段难忘的经历，夫人专门将自己的微信昵称改成了"海上花开"，并沿用至今。

我不知道当时"海上花岛"的高层为这个景区命名时有没有受到"海上花开"的启示。但是我知道，"海上花岛"也的确是主营"玫瑰花海"项目的，他们的"玫瑰花海"就有上千亩之广，还拥有一座欧式风格的"玫瑰庄园"主题酒店，而开发的玫瑰系列产品更是令人目不暇接，美不胜收，有玫瑰花饼、玫瑰饮品、玫瑰精油、玫瑰沐浴露、玫瑰香皂等，无一不透露出玫瑰花浪漫迷人的气息和海派文化的精致高雅。

据介绍，海上花岛景区坐落于上海崇明前卫生态村，是集现代旅游、现代农业生产观光与现代生态民宿区为综合一体的生态旅游景区，是国家生态旅游示范区、国家AAAA级旅游景区、上海市农业旅游推荐单位和全国科普教育基地。同时，海上花岛也是2021年第十届中国花卉博览会的指定接待单位，位置就在花博会正北3公里的地方。

金秋时节，正是一年中最好的季节，来到了这么一个好地方，心里放松了不少，尤其是老朋友重逢更是别提有多开心。李晓东、杨海蒂和安谅老师都是我多年的老友，只是有两年多没有见了，这次重逢，自然是有说不完的话。叶梅会长今年（2021年）4月在北京中国散文学会换届的时候匆匆见过一面，也没有来得及多交流。这次，叶梅大姐一看见我就笑着说："这里还有我的一个兵呢。"作为中国散文学会理事的我在会长面前，可不就是一个兵嘛。

如今，我就身处这千亩花海之中。放眼望去，海上花岛到处绿树成荫，鲜花漫野，空气中还弥漫着一种各类鲜花盛开混合在一起的独特芳香，令人神清气爽。长期生活在钢筋水泥包裹中的我，陡然来到这样的环境里，真是感觉舒服极了。还有就是，也是最关键的是我来自安徽淮南，这座城市与上海有着两千多年的不解情缘。淮南市下辖的一个县叫"寿县"，两千多年前叫"寿春"，正是那座曾经被楚王作为贺寿的礼物送给春申君的城池，后来又被春申君献出来作为楚国的王都。从楚考烈王二十二年（公元前241年），楚都东徙寿春，也称其为郢，到楚王负刍五年（公元前223年），秦军破楚，俘楚王，灭楚而置为郡，前后十八年，历经了楚考烈王、楚幽王、楚哀王和楚王负刍四个楚王。虽然强大的楚国在寿春走向了衰败与灭亡，但是与魏国信陵君魏无忌、赵国平原君赵胜、齐国孟尝君田文并称为"战国四公子"的春申君黄歇无疑是当时最耀眼的政治明星。

在采风活动的启动仪式上，上海市作家协会副主席、崇明区作家协会名誉主席赵丽宏真情流露，讲述了自己在崇明的经历，以及对崇明这片土地的热爱。他说道："文化是一种无形的力量，当我们走在路上，不会有什么特殊感受。但如果我们脚下这片土地，是李白和杜甫走过的土地，那么，这片土地就有了分量。"赵丽宏主席说的这番话，讲出了举办这次采风活动的目的，那就是要给予这片土地以更多的文学力量，通过文学的力量，赋予上海市和崇明乡村更丰富、更深入的文化内涵。

是的，上海开埠较晚，1843年11月17日，根据《南京条约》和《五口通商章程》的规定，上海才正式开埠通商。外国商人在当时的上海县城北郊划定租界，在黄浦江边筑起大批港口设施，开始了"依港兴市"的历史进程。从此，中外贸易中心逐渐从广州移到上海。外国商品和外资纷纷通进长江门户，开设行栈、设立码头、划定租界、开办银行，上海进入历史发展的转折点，从一个不起眼的海边县城开始朝着远东第一大都市前进。从十九世纪六七十年代开始，上海成为洋务重镇和民族资本主义发展的乐土。到20世纪20年代，上海在棉纺织、毛纺织、卷烟、面粉、火柴、造纸、船舶制造和电业均处于全国领先，并诞生了一大批知名企业和名牌产品，在两次世界大战期间，上海是亚洲最繁华和国际化的大都会。20世纪50年代，上海作为一个老工业基地，除了搞好自身的建设之外，还承担为国家总计划下的156项重点建设项目生产配套设备的光荣任务。1992年党的十四大确定，"以上海浦东开发开放为龙头，进一步开放长江沿岸城市，尽快把上海建成国际经济、金融、贸易中心之一，带动长江三角洲和整个长江流域地区经济的新飞跃"的重大战略定位，一直到现在，上海一直行驶在发展的快车道上，从未被超越。但是，这不到200年的辉煌历史却让上海人如坐针毡，这么大的都市没有一段悠远的历史怎么可以。

2002年10月，上海申博成功，举办了盛大的欢庆晚会，晚会定的首场第一首歌，就是——《告慰春申君》。演员们载歌载舞，纵情演唱，充分表达了上海人民对春申君黄歇的无限爱戴和感恩之情。告慰春申君的歌词这样唱道："乘长风兮开宇天，古往今来兮二千年。小潢河兮今犹在，黄浦江兮续根源。豪情涌兮楚豫风，诗意抒兮吴越篇。淮水起舞兮碧波涟涟，弋山泼翠兮嘉木浩瀚。大别山兮开天辟地，古黄国英杰兮中华美谈。太湖年丰兮渔歌唱晚，东海潮起兮浪花翻跹。长江三角兮办盛会，环球翘首兮更无前。啊，长歌告慰春申君，你恩泽四方万民礼赞，你封地江东筚路蓝缕，你疏通河道拓垦荒蛮。啊，长歌告慰春申君，古瑟编钟回响江畔。息兵上书守望家乡地，黄国故地碑文耀中原。黄浦江兮高朋比肩，新潢川兮明珠镶嵌。江南烟雨兮情意绵，古诗唱响兮豫东南。今朝长歌兮告先祖，新世纪文明兮照亮云天。"

那么，春申君黄歇与上海是如何拉上了关系，甚至于连上海都简称为"申"？春申君黄歇生于公元前314年，死于公元前238年，是战国时期的楚国江夏人，原籍楚国属国黄国（今河南省潢川县），战国时期著名的政治家、军事家。黄歇少年时曾游历各地，学识渊博。他很崇拜当时的纵横家苏秦，常以苏秦建立的功业激励自己。楚顷襄王时，白起大败韩魏，整合韩魏之兵共同讨伐楚国。在这生死存亡时刻，顷襄王派出黄歇出使秦国，黄歇以其雄辩之才，说服秦昭王退兵，解救楚国于危难之际。顷襄王病危，又将秦国人质熊完解救回国，即为楚考烈王，楚考烈王元年（前262年），楚考烈王以黄歇为令尹，封其为春申君，赐淮北地12县。战国时期楚国所设的令尹，实即中原地区的相国，为最高官职，掌军政大权。

黄歇做楚相兢兢业业、殚精竭虑，把淮南地区经营成楚国与

秦国周旋的强力支撑，为楚国营造了最后的生存家园；他高瞻远瞩、深谋远虑，成为战国后期举足轻重的政治风云人物。春申君黄歇是楚国最后的政治强人，他以其聪明才智辅佐考烈王25年，经略淮南，开发吴地，卓有建树。他在辅政期间，奋力捍卫楚国的尊严，为楚国的历史天空留下了最后一抹亮色。

需要指出的是，"淮北12县"，大约是现今河南省南阳、信阳一带。此前，这里曾有一个小国名为"申"。封"春申君"的含义，表示执掌"欣欣向荣的申"。现在，河南当地仍有信阳是"小申城"，上海是"大申城"的说法。公元前247年，67岁的黄歇向考烈王进言，淮北12县离齐国太近，应该划归军政一体的地方行政管辖，不便作为封地。考烈王采纳了他的意见，并把江东封给了黄歇。这个"江东"，是指长江从现今江苏南京至安徽芜湖段以东的地区。史载，黄歇在江东重建了吴国故都，并以其为根据地，展开自己的活动。吴国故都，即现在的江苏苏州。随后，黄歇及其族人在江东吴地一带开展经营，以此为基地疏通河道，兴修水利，改造粮田，使长江三角洲地区得到良好的开发治理，受到当地人民和后世的敬仰。

春申君在吴地治水建立了盖世奇功，被人们视为水神。太湖流域建了不少他的庙宇，并用他的名号命名了不少工程便是明证。而关于春申君的传说，2000多年来从未停止，其中最著名的便是春申君巡察民情，路过今天的上海地区，看到百姓多年受水涝侵害，于是聚集众人开凿了一条河道，从此水患被根除，人民安居乐业，当地人为纪念他，将这条河道起名为：春申江。如今它还有个更有名的名字：黄浦江。黄浦江至今还有黄歇浦的别称，就连上海的"申"字简称，也是来自春申君黄歇的封号。

我这个来自楚国故都的人，以比当时不知道快了多少倍的速度来到了上海，来到了海上花岛，享受着这盛世繁华。我想，黄歇在日夜辛劳，忙碌在这片土地上的时候，他一定也来到过海上花岛的这片土地，一定也和我一样，想象着或者是遥望着滩涂上的芦花似雪。这片土地和中华大地的每一片土地一样，远离了刀光剑影和血雨腥风，正一天天地呈现出她的茂盛与欣欣向荣，我们都在默默努力，在中华民族又一次伟大复兴的道路上奋勇前行！

梅雨墨

满族，中国散文学会理事、中国文字著作权协会会员、中国少数民族作家学会会员、中国作家协会会员、中国西部散文学会副主席、淮南市作家协会副主席。著有散文集《飞雪千年》《华美的爱情》。文学作品发表于《人民文学》《安徽文学》《山东文学》《散文选刊》《西部散文选刊》《中国文化报》《教师报》等，荣获第八届冰心散文奖、中国散文学会当代最佳散文创作奖、《人民文学》第八届"观音山杯·美丽中国"海内外游记征文三等奖、安徽省作家协会首届散文大奖赛"淮河散文大奖"和淮南市人民政府首届"淮南子文学奖"等奖项数十项。

文化声息与生态再造
——由观览海上花岛景区所思及的 ☀

杨斌华

入秋的日子里，与一众文友兴致盎然地踏访了遐迩闻名的崇明竖新镇前卫村的海上花岛景区，它显现出当地独具另一重风貌的秀山青川，乍眼看去，着实斑斓夺目，令人赞叹。流连忘返之余，让我印象深切的无疑是凸显传统婚俗文化、呈展文博藏品脉络的"喜园"人文景观区，重现明朝民众抗倭历史场景，编织梦幻奇观、打造生态文旅综合体，同时以人为本开展爱国主义教育的影视基地。由围垦特色逐渐形塑的沙船沙洲文化建构的崇明地域文化可以说是蔚为大观的海上文化颇具独特意蕴的别一支脉，以今日的眼光予以聚焦和观照，它可能积聚和交融着颇为丰沛的现下时尚与历史文化感交合并置的态势和底蕴。时世沧桑，如今，我们驻足在摇曳生姿的海上花岛，抬眼眺望，虽然已无法亲睹历史记载中昳丽多姿的风土世情，但难以抹去的，却是漫布在这一以喜园、自然奇景探险乐园、玫瑰庄园为主体的传统格调与当代风尚交相映衬的庞然景区生态中的源远流长的文化声息和独特韵致。

唐代诗人李贺《梦天》一诗云："黄尘清水三山下，更变千年如走马。"我以为，在当下国内很多地方的城镇开发建设过程中，大量传统文化的实体和风韵被无情地崩毁和消解，而在对前卫海上花岛的驻足凝望中，我却着实看到许多独赋魅力和个性的文化地理元素得以传承光大，这当然体现了一种主事者的远见卓识。通常来说，当人们把历史遗存拟化为生命，并关注和尊重它的自身价值及生命权利的时候，实际上已经消融了生存发展与文化传承之间矛盾冲突的姿态，显露了人类文化与自然生态和谐共生的现代发展意识。

安德里安娜

思维模式的深层转换，将会从根本上改善自然历史文化生态遭逢的当下生存危机。

这样，由我们亲历或走访所了解发现的地方文化地理元素得以凸现和保护的案例中呈现出的文化关切的意蕴，无疑更应该泛化为一种观照力愈加劲健而宏阔的解读视角，一种具有传承性与超越感的不断再生的精神资源。在它的背面，衍生着并建构起一种新时代生活世界的生态伦理原则，一种新的人文价值观念。

这些年，我们大家已经能够形成的一个思想共识就是，在自然文化生态的灾难与危机背后，潜藏着的是人们文化理念上的局限与困扰。曾经有人说过，生态灾难，也是一种文化灾难。认为承托文化生态的底座已经丧失了其稳定性，生态环境注定要被破坏殆尽，而且早已失却了文化结构的支撑。这实在是颇为悲观的论调。

西方传统的哲学文化观念比较强调人与自然的对立，人类的基本目标是认识自然，征服自然，改造自然。但是，这种人定胜天式的观念与实践的过度张扬，在给人类带来改天换地的巨大功业和福祉的同时，也因片面受驱于经济利益而潜伏着现实的危害与困境。人类中心主义自我欲望的恣肆与无限追求，变成了一只开启了的所罗门魔瓶。众多自然生态危机的形成，除了天然性、资源性的因素以外，多少都与人类受理性观念驱使的作为实践的失控和无度密切相关。

因此，要改善当下遭逢的生态文明危机，进而言之追求自然生态的维持和繁育，就应当重建和整合崩解散落的文化结构，凝聚起和谐共生，协调发展的自然伦理观念。

中国传统哲学讲求的天人合一，尊重自然，人与自然和谐共处的理念，正是为如今的人们解决生态危机提供的一种可再生的思想资源。这里的所谓再生，包括了回归与发掘传统观念，赋予现代阐释，重构当代文明等诸多含义，并积极培育、提升与整合为一种新的文化理念，从而加以光大与弘扬。文化理念上的重新凝练，才是维持生态协调平衡工程的根本所在。

中国传统文化中的道德伦理与自然生态在语义表述上兼容共生的特征，早已为人们所认同和熟知。它构成了一种巨大的文化心理背景，也为当下生态伦理的建构提供了观念指向。

事实上，这一特定的观念背景维系着某种传统意义上的整体性与系统性的概念，并确立为一种天人合一的恒久的思维模式。和谐共生的核心理念又为当代生态危机的处置与根治展现了极具魅力的思想资源，解除了重蹈人与自然二元对立的工具论窠臼的可能，整体关联的系统原则支持着诸多学科知识的理论创新，拆散了狭隘封闭的思维樊篱，精妙地打凿了一条贯穿古今、重组人与自然关系的理念通道。

但是，我觉得，需要认识到的一个问题是，和谐共生的核心理念在历史实践的悠久过程中也遭遇了任意编码，不断删改，不然，我们就无法理解，历史上的社会与自然生态文化问题同样是日趋严重，盘根错节，不断地进行着调整修复，甚至到了当代，仍然需要对此加以重新审视与发掘，以利于传统文化资源的再生和创新。已经有许多论者提出，应该重视这种文化理念与历史实践之间相互抵牾、相互背反的现象，及其背后存在的复杂文化因素。

在当下的境况下，要树立一种人与自然历史文化和谐共处的文化，更需要透过理论探讨与实际操作本身，提升文化忧患情怀切入现实情境的话语力度，揭示一种文化理念自我审视与反思的力量，从现实危机中来切实感受更新与整合文化资源的必要性与迫切性。

流连于华丽秀美的千亩玫瑰花海，遥观沉静与浮华竞相交织，展现出多重文化风韵的特色文旅景区，我愈加深切地感受到，生态文明的构建无疑是当下文化再造的一个紧要话题。人类文化的绵延不绝和可持续发展理论自有其乐观预期的理由。重要的是，生态文明的塑造同样应该提倡最大限度的多样性和自我实现的权利，不能以绝对的评价标准加以苛求。而如何注意历史文化、生存环境间的固有差异，以平等参与和谐共生的理念原则来融入生态危机的破解与消弭、生态文明重构的话语分析，破除固有观念藩篱与桎梏，倒实在是值得引起人们深刻反思的一种现实诘问。

杨斌华

文学评论家，中国作家协会会员，中国当代文学研究会理事，上海市文艺评论家协会理事，编审。现任上海市作家协会创作研究室主任，《上海作家》主编。著有评论集《文学：理解与还原》《旋入灵魂的磁场》《家园与异乡》等，主编或策划编选《守望灵魂：上海文学随笔精选》《守护民间》《上海味道》《思想的盛宴——城市文学讲坛讲演录》《新海派诗选》《中国当代民间诗歌地理》《几度风雨海上花》等近二十种图书。

夜幕下的花岛

散文

海上花岛

幸福花儿开 ☀

陈新涛

1.

好多年没有去前卫村了。不曾想到，这个地处崇明岛中北部的小村庄，已经实现华丽转身，悄无声息地演变成了炫目的海上花岛。

2021年金秋十月，我随作家采风团走进了海上花岛。放眼望去，蓝天丽日下，广袤的大地上鲜花盛放。千亩玫瑰园，飘香流蜜；百亩大草坪，绿意盎然。"华珍阁古瀛"等四大主题酒店，错落有致地分布于园区。八十幢民宿小楼装饰考究，各具风姿。自然奇景探险乐园、蝴蝶馆、植物园、喜园等数十处自然和人文景观，吸引着无数游人……

这里，已经拥有了一顶顶漂亮的桂冠：国家生态旅游示范区、中国农业公园、全国农业旅游示范点、全国科普教育基地。2021年5月，第十届中国花卉博览会在崇明岛举办，海上花岛成为指定接待点。

我不由赞叹。为这个偏僻小村拥有这么多荣誉而赞叹，为这片土地上发生的沧桑巨变而赞叹，更为前卫人的睿智和胆识而赞叹。

说前卫人聪明睿智、有胆有识，当然不是套话。由于工作关系，二十世纪八九十年代，我曾无数次地去过前卫村。我觉得，这个村子从荒滩上起步，一路走到今天，能有如此的繁华和荣耀，人们不应该忘记他们与外界的"三次联姻"。

2.

这片土地，曾经是一片滩涂，没有人烟，唯有鸥鸟蹁跹。

1969年，来自崇明大新公社的100多个农民，开进了这片荒滩，建立了前卫村。最初的岁月里，在这片贫瘠的土地上，农民们像自己的祖辈那样，日出而作，日落而息。前卫人的闯滩生涯，以及围垦造田、开荒种地的艰苦环境，让他们历尽了艰辛和苦涩。或许正是由于这种苦难，使他们在骨子里有了一种不安于现状，敢于向贫困挑战的精神气质。年轻的党支部书记徐卫国，精干又精明，他琢磨着，单靠在脚下的这片土地上种些庄稼，是摆脱不掉贫穷和落后的。

于是，前卫人决定办厂。

但在那些年月里，庄稼人办企业何其难，前卫人办企业更是难上加难，地处偏僻小村，交通不便，村子刚从荒滩上建起，一

切都是从零开始。

刚满 28 岁的徐卫国头脑活络。他把目光瞄准了毗邻村子的长征农场，那里有企业，有技术骨干，有管理人才。于是决定借船出海，借梯上楼，同农场搞联营。

然而，人家是国营农场，端的是国家的铁饭碗，与泥腿子合作办厂，他们愿意吗?

是否愿意，谈了再说。

1980 年盛夏的一天，骄阳似火，大地冒烟。在通往长征农场的大道上，三位汗水淋漓的年轻人骑车疾驰。那领头的便是徐卫国。在场部办公室，他们坦陈己见，谈合作意向，谈如何发展鞋油生产，谈联营后如何互惠互利……

农场领导认真地听着，仔细地打量着，一种直觉告诉他们，面前的这三个年轻人是多么淳朴、忠厚、可信，他们被一种发自肺腑的炽热情意感动了，立即答应可以谈一谈。经过双方多次接触洽谈，1981 年春天，前卫村和长征农场喜结良缘，办起了上海市郊第一家场村合作的联营厂，生产斑马牌鞋油。

这便是前卫村发展史上，与外界的第一次"联姻"。

首度合作，一炮打响。联营厂当年盈利 10 万元，第二年又盈利 25 万元。25 万，对于国营大厂而言，也许微不足道，但对于一家初创的村办小厂，是一个辉煌的业绩。但前卫人没有沾沾自喜，他们的心里在盘算着一个更大的计划。

前卫人招来科技人员艰苦攻关，开发成功了一款新的牙膏产品。不料，那新产品在订货会一放，竟然一下子引来 400 万支的订单。厂房不够，他们就去外面租借，原料不够，就走遍天南海北去采购。万事俱备，独缺 2000 公斤薄荷脑，一时无法搞到。采购员去常州，走无锡，上南京，奔波数千里，终于买到了原料。400 万支牙膏总算如期交货。

散文

但如此周折，他们深感不是长久之计。更令人担心的是，随着市场变化，牙膏原料越发紧俏，订单一张张飞来，工厂却拿不出货，这又如何是好？看来，要想在竞争激烈的牙膏行业站稳脚跟，必须寻找靠山。前卫人的心中又悄悄萌发了与上海牙膏厂联营的念头。

那个时候，许多国营大厂也正寻找合作伙伴，以扩大生产规模。前卫村与上海牙膏厂几经商谈，终于谈拢。1984年春天，双方结成连理，办起了胜利日化联营厂。

两次联营，使村里的技术力量日渐雄厚，供销渠道更加稳定。但前卫人毫不松懈，一板一眼抓质量，在产品装箱时，哪怕是万分之一的混入率，也绝不允许。在1989年上海市轻工业局牙膏产品质量评比中，前卫人力挫群雄，夺得了金牌⋯⋯

3.

进入新世纪，崇明岛描绘了建设世界级生态岛的宏伟蓝图。前卫村顺应这一潮流，开始兴办旅游农业。他们对村里的道路进行整修，对田园和鱼塘、蛙塘进行改造。秋收时节，游客们可以饱览田园美景，喜看稻菽千里浪，可以在水塘畔争看鱼儿嬉戏，听取蛙声一片。观蟹亭、钓鱼台、荷花池，使游客们兴致盎然，流连忘返。经过几年努力，前卫村有了旅游农业的雏形。

永不停步，永不满足，是前卫人的精神特质。2018年，他们又捕捉到了契机，与海上花岛集团有限公司成功牵手，实现了村庄发展史上的第三次联姻。

这家公司的掌门人陈政，见多识广。他致力将文化元素融入旅游之中，让游人一进海上花岛，便感受到浓烈的文化艺术氛围。

掩映于绿野之中的华珍阁古瀛艺术酒店，四周绿水环绕，处尘世而无喧嚣。整座酒店苏州园林格调，粉墙黛瓦，小桥流水。入夜，可以静听虫啾蛙鸣，坐观朗朗明月。内藏的 6000 余幅名家手抄金刚经，使人心灵得以净化，灵魂得到升华。

不得不说到喜园。这个园子演绎了中国民间男婚女嫁、欢欢喜喜、吹吹打打的热闹场面。漫步"红妆喜事"展区，可以领略古代婚礼"下大聘，抬红妆，一步一摇喜洋洋"的喜庆场景。喜园内，那些以实物形态展示的中式婚礼服饰，抬新人的红花礼担，二十世纪五六十年代以及民国时期的结婚证书，每一件都让人感受到深深的时代印记，勾起人们无边的遐想。

那幕被称为《风云崇明岛》的大型古装马战情景剧，逼真再现了明朝时期，崇明民众抗击倭寇的悲壮故事。明朝嘉靖年间，

散文

正值崇明县城搬迁，土城未竣，便有倭寇来犯。新任知县唐一岑率领军民奋力抵抗，手刃数敌后，终因伤重身亡，以身殉国。城中兵民无不义愤填膺，振臂高呼：不杀倭寇，何以报唐公！四方民众便与倭寇展开血战，歼敌两千余人，收复了县城。观看这种实战情景剧，令游人激发起炽烈的民族情怀，爱国情感油然而生。

时光在推移，海上花岛的文化元素在不断增多。"海上花岛影视基地"已经正式建成，"剑卿——海上花岛足球训练基地"已经揭牌。2021年7月1日，"花开中国梦、海上花岛行"第十届中国花博会中国当代名家书画展，在华珍阁古瀛酒店闪亮登场。众多名家会聚一堂，书画佳作交相辉映……

4.

此刻，我的耳畔回荡着习近平总书记的一句话：幸福是奋斗出来的。是的，前卫人正是靠着不懈的奋斗，靠着永不满足的进取，靠着一次次的合作联营，才创造出如今的繁荣。

时值深秋，玫瑰庄园的花海，虽不及盛花期那般汹涌，但依然给游人送来缕缕芬芳。前卫村村民与游人结伴穿行于花岛之中，脸上绽开幸福的笑靥，那笑脸是如此灿烂，犹如盛开的朵朵玫瑰。

我在想，沐浴着乡村振兴的春风，伴随着共同富裕的脚步，前卫村的农民将笑得更加甜蜜，海上花岛那些幸福的花儿，必将开得更加艳丽。

陈新涛

上海市作家协会会员。曾任上海市崇明县委宣传部副部长、县委党校副校长、县委政法委副书记、维稳办主任等职。现已退休，兼任上海市崇明区作家协会副主席。出版散文集《从容走过人生》。

华珍阁·古瀛

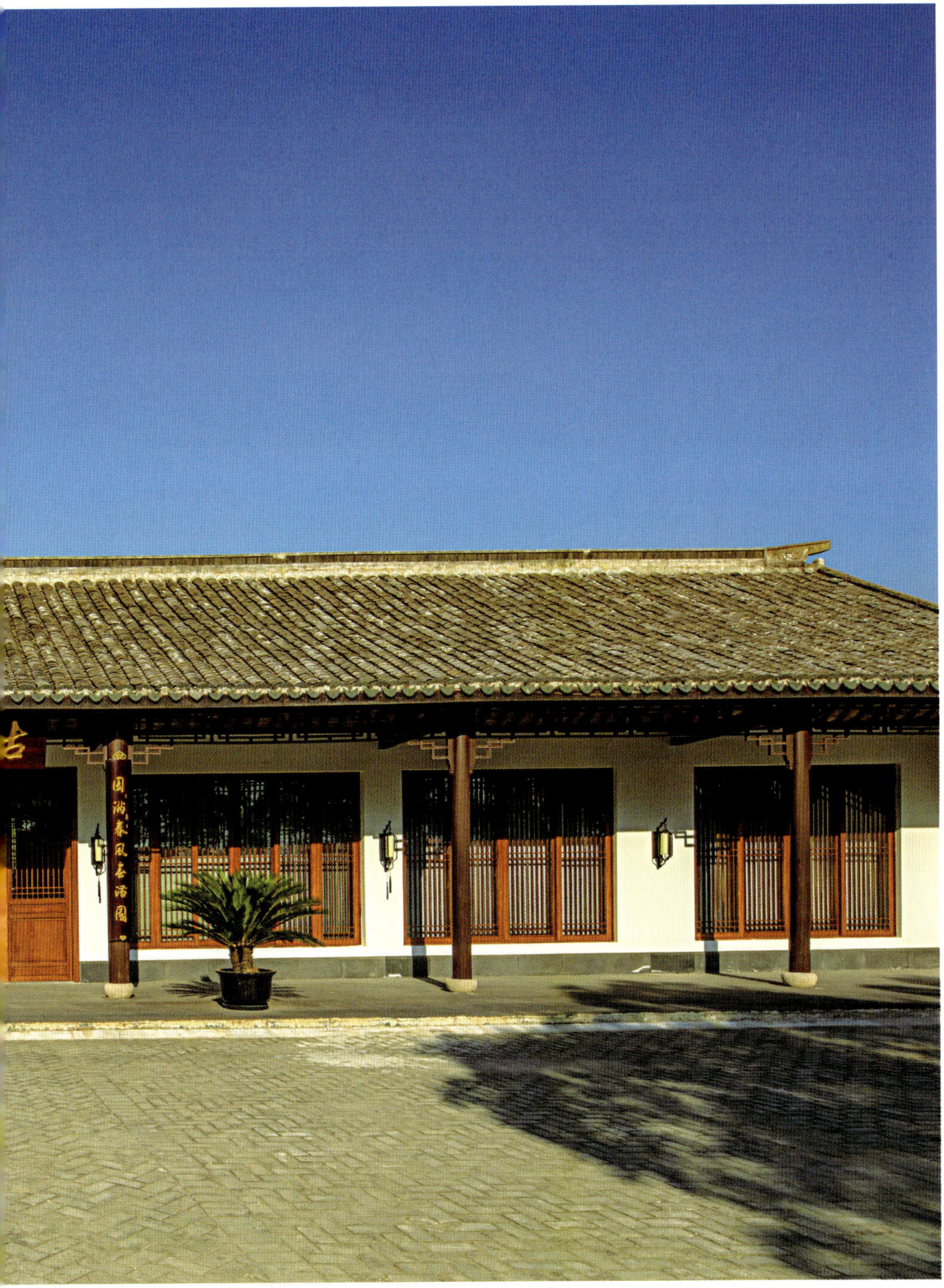

移 民 ☀

居一隅

在我最早的词库中，"移民"是个悲伤的字眼。

那一年我跟着大人在水田里学插秧，一辆手扶拖拉机"突突"地冒着黑烟由北向南路过。拖拉机的拖斗里台凳床架等旧家什堆得老高，邻队的一个好公摇摇晃晃坐在上面，抬着右手拙笨地向我们招摇，又不断地擦着眼泪。虽然不在一个生产队，但是这个好公我们大家都认识，是个十分乐观的小老头，今天他和那一车旧家什要去哪里？又为什么要落泪呢？

我身边的大人都直起身来，也向他招手，并说："你去了，总归也要回来看看我们的噢！"有人叹口气，说："他也移民去了！"

我有点不解，问："渔民？他们家要捉鱼去，做船上人了？"

大人说："不是的，是要搬到新村公社那边去了！"

我隐约知道，新村公社离我们这里老远，骑脚踏车要好几个钟头，开拖拉机也要老长时间的。不知这个好公一家为什么要搬去那么远的地方？

事实上，且不说县城啥的，那时崇明岛上光种田的就有两个世界：一个是我们本地世代务农的，以"贫下中农"为代表的传统农村群落，这里由县、公社、大队至生产队逐级划分区域并逐级管辖。而另一个世界，他们也种田，是以"知识青年"为代表的。但这个群落组织，他们的上一代大多不会种田，老家也不在这里，这就是国营农场。国营农场的人，不管种不种田，一律拿工资，每月旱涝保收，吃穿不愁。而我们这里的农村农民，虽然田里农活娴熟，也有战天斗地的"雄心"，却实实在在逃不脱看天吃饭的命运。若是今年收成好，队里上交完公粮以后，余下一点超产粮可分，也有人争个你长我短、脸红耳赤；若是收成不好，像我们一家三代六七口人的，即使父母一年到底劳作不停，最后算算还要倒欠生产队几百元。这与国营农场的人比，真是生活在两个世界。

我们崇明中部地区，从浜镇往北一公里左右，有一条差不多东西贯穿全岛的北沿公路。北沿公路以南，直至"南海"滩头，基本是以公社农村为主，以前也叫"老脚上"。"老脚上"这个称呼够土，老脚上的生活、生产资源也够土够贫瘠，我们小时候要帮大人积青肥、挑羊草（养羊所需的野草），羊草也很少来得及在田间地头茁壮生长。而一旦越过了北沿公路，向北冒险进入国营农场以后，顷刻间就随处有青草可收割，你就带一只羊草篮

是远远不够的，起码弄辆自行车带两只麻袋。若是不被发现，农场河沟里的鱼虾蟹，门槛精的人也可以顺便抓摸许多回来，再到第二天早晨去浜镇卖给农场知青。但是这样的行动，对于我们这些小孩来说，确实非常冒险！我就去过一次就被抓了，那些二十几岁的上海知青"阿乌卵"，弄我们这些小乡下人，就像猫玩老鼠一样！我记得先是头上被啄了好几只"麻栗子"，又被迫排着队向他们鞠了很多躬，最后还只能带回半篮子羊草。

这一段经历，于我小时候的记忆中是很不堪的。而我们老脚上的大多数人，也对那些上海知青印象并不好，所以叫他们"阿乌卵"。当然，也有人并不这么认为，说："那些小'阿乌卵'其实也蛮'罪过'，本来就不是种田的料，却被弄到崇明田里做。爷娘不在身边，总归，唉……！"我宅上的一个堂兄，他有一个"阿乌卵"朋友，年纪比较大，据说是头一批来农场开垦的上海人，也是吃过很多苦的。这个人常来堂兄家，让堂兄给他代收一些老毛蟹啥的，也经常给堂兄家弄点粮票等等，给人感觉倒是确实不错。及至后来，我才知道"阿乌卵"只是一个第三人称的代名词，在我们的语境中，真正代表的是所有上海市区的人。因为贫穷，世代为农的我们崇明农村人，其实对"阿乌卵"的世界，不管是上海市区的，还是农场的，都有一种灵魂深处的向往，向往他们旱涝保收的生活保障！

崇明岛是个冲积平原，是沧海桑田自然变迁的活体标本。长江上游一路顺着江水奔腾而来参与筑岛的有些泥沙，我甚至有过确认！二十几年前我去攀枝花钢厂出差，沿途见金沙江边被砍了树的山坡上，有几道浑浊的泥水顺坡而下，直向下游长江方向流去。我突发奇想，对身边并不认识的同船人说："几天后，它们就'移民'到我的家乡去了！"于是不管旁人的错愕，还向这些泥沙水流挥了挥手，仿佛先前就认识、为它们送行一般。

但是大自然的沧桑变化，狂暴的时候是十分可怕的。就浜镇那么近的地方，听说近百年前，就是"北海"滩头。海滩头碰到塌海，那就是碰到阎罗王了！我父亲说："大风大雨，就一夜之间啊！头天日里还好好的几家人家，连房子带人都不见了，都坍到海里去了……"我当时听得都汗毛凛凛的，想象不出那是怎样的狂风、怎样的暴雨和怎样的巨浪，怎么能把大片的岸地房屋和生命，咬落到另外一个世界去？那些人家，祖上又是哪里的？为什么要移民到江边去住呢？惊恐之余，我曾经还庆幸我家住得离蟠龙镇近、离浜镇远些。

不过，从我懂事起，长江水神奇的搬运力，早已经把崇明北岸的滩涂从浜镇向北延伸了好几公里。为了稳固岸防，不至于在每年的大潮汛期间再有塌海的事件发生，我尚在崇明读小学初中时，就记得每年都有各公社、大队派出的青壮突击队，去沿江各地挑岸做岸，甚至还出现了与风浪搏斗而牺牲的英烈。当然，那些挑岸防汛的队伍里，一定也有国营农场的组织，也有农场知青的英烈，因为毕竟是在保卫共同的家园。所有这些在和平年代保卫和建设了我们家乡的人，都是值得我去铭记、值得我去致敬的！崇明岛的东西南北、沿海沿江，经过近几代人的有组织抗争和拼搏，塌海的传说已经是历史的天方夜谭，取而代之的是一道道永固的江堤，和堤内无数的良田。反而是江堤外，各处滩涂不断扩张：先是长江上游下来不断沉积的泥沙渐露江面，再是各种水草、芦苇的迅速扎根蔓延，日复一日，潮起潮落，大量新生的土地不断形成。

北沿公路的横贯东西，据说原址原来就有一条堤岸，是它最先把狂暴时的江潮远隔在曾经塌海的浜镇之外。后来江滩向北继续延伸，因此也有了八个国营农场的开垦建设和建场历史地盘。而作为守岛护土的基本设施，农场北边，自然再一次筑起一条长长的岸防。这条大岸以北曾经以为就是真正的"北海滩头"了，但是宝岛的土地生长，还在继续……

人类的生存，土地，永远是第一需要。其次，有了我们民族、我们祖先一脉相承遗传下来的吃苦耐劳精神，及对待未来新生活的无限向往和不断奋进，才有了开垦、开发，及改善我们命运及生存环境的动力和根基。

其实在相当长一段时间里，老脚上的部分农民，向北进入农场及农场以北的江滩等地，"跑北海"寻一些资源活路补贴家用，也是常态。因为江滩上的野生资源在开垦之前尚未有明确的归属划分，大家都可以凭劳力收采。而县市政府，甚至当时的基层农村组织，以之前国营农场的开垦经验做借鉴，也不断有组织，或自发地向新生的北沿江滩移民开垦，向滩涂要耕地，向滩涂要粮食，重新开辟出一个新天地来。像是崇明西北角的新村公社，便是较早开发、开垦的，成建制发展成的新兴农村热土。再后来，各公

散文

社又分别在农场以北兴建垦区、移民成村、建良种场等，发展农、林、畜牧，甚至渔业养殖。其中，还产生了一个崇明新农村建设的响亮名片——前卫村。

前卫村在原东风农场以北，几乎也是一岸之隔，这与东风农场以南一路之隔的浜镇地区几乎遥相呼应。浜镇曾经是崇明历史上的四大名镇之一，最早的辉煌我未曾经历，但是我小时候也见识过它早市的热闹，因为当时有农场知青对本地土特产的强大兴趣和购买力。然而时过境迁，几十年后，政策改良和农村建设给家乡带来的翻天覆地变化，使浜镇的热闹及农场生活对本地农民的吸引力反而渐归沉寂。取而代之的前卫村，只是一个垦区的移民新村，却因为率先开发生态旅游、农家乐服务等，很早在崇明、上海市区，甚至周边不少城市前来旅游、休闲的人群中名声大振。

我也是在同学、好友等一起回家乡旅游时初识的前卫村。我们从著名的森林公园出来，一路越过东风农场，向北，很快就到达了前卫村。

移民新村与老脚上的自然村落毕竟不一样，它显然是个有规划建设的居民点。那里并不能找到崇明传统的四程头宅沟围绕的老式院落，但是一个个带小院的小楼，一律向水而建、一字排开。每家每户，出得院门是一条轻便的水泥路，刚好能容两辆汽车相向而过。马路的另一边即是一条不宽的河流，河边有成排已经成材的树木，临水也有便捷的传统水桥。日常生活中，曾经城市人特有的水、电、煤，及通信设施，这里样样具备。这里的大多数人家，都经营着饭店及住宿等旅游生意，因为是一样的乡音，感觉上比我到外地旅游更亲切些。所以，我在那边吃饭、住宿都尝试过。实实在在的本地农家菜和朴素热情的招待，也给我同行的同学、朋友留下了不错的印象。

一晃又是多少年过去，不但前卫村，全崇明所有乡镇的生态、生活的建设和发展成果，已经远非当年父老乡亲可想象。而且，这种向好的生存环境及生活发展，还在不断进行、不断迭代中，使我们这些曾经自豪于少小离开农门的人，不断地在每次回乡时心生喜悦，甚至渐有回头之意。而海上花岛，这是我近来又熟悉的一个新名词。起初我并不清楚海上花岛的确切含义，只以为是对于我们崇明岛的美妙形容，因为它太确切了。它很容易让人联想到全岛大局如画的风景，想起东沙西沙和明珠湖景区，想起花博会等等。最终才发现，海上花岛还只代表了我们宝岛的一个秀丽的区域，它恰恰覆盖了原有前卫村旅游度假区的绝大部分，那是前卫村区域旅游产业的公司管理集约化规范的一个升级换代。来到这里，你会发现原先较为粗放的农家乐经营模式，已经被精致的酒店管理和分门别类的专业园区所取代。一样的江天长风，带给你的却是更清新的气息；一样的村民，却在这里进行着更有技术含量的工作，生活也有更稳定的收入来源保障。

走在海上花岛的那座标志性的大桥上，见桥边几个男女村民在边劳动，边说笑，却忽然想起了几十年前那个好公移民时的挥别及流泪，才知道，那不一定是悲伤，那只是他与相处大半辈子故旧告别的不舍。这几个村民，一定也是之前老脚上移民的后代。他们的前辈，也许就是第一代来此荒滩开垦、移民建村的先驱，或许他们还活着，因为他们合该长寿，我与他们虽然不认识，但是他们在我心目中形象伟大！

居一隅

本名施卫平，上海市崇明区作家协会会员。1962 年出生于崇明大同地区蟠龙六队，1978 年因高考离家读书，毕业后曾在上海电机厂工作近十年。现居上海市浦东金桥，业余爱好微型小说、诗歌、散文写作。

难忘金秋 ☀

张伟杰

秋风习习天气凉，芦苇飘絮稻谷香。

金秋时节好时光，花岛举办笔会忙。

这是一个难忘的金秋。

牛年（2021年）10月18日这一天，笔者有幸参加了"乡村振兴，共同富裕，谱写时代新作品，走进海上花岛"百位著名作家金秋笔会活动。

这次活动真可谓是"文坛才俊聚会，写作高手云集"。随便举出几个名字，会让你惊叹不已。中国作协原副主席、浙江省作协名誉主席黄亚洲来了；中国作协主席团成员、中国散文学会会长叶梅来了；中国诗歌学会副会长、中国作协诗歌专委会委员、首届鲁迅文学奖获得者王久辛来了；上海作协副主席、《上海文学》杂志顾问赵丽宏来了；上海作协创联室副主任、上海诗词学会副会长、崇明区作协主席杨绣丽来了……外地的、沪上的作家们，以崇明区前卫村"海上花岛"为平台，畅谈和展望中国农村的美好前景，用手中的笔助推中国农村不断向小康发展，为"乡村振兴、共同富裕"谱写出时代新作品。

我获悉在崇明岛举办金秋笔会的消息是在举办之前十来天吧，是从区作协群里看到的。这么多全国各地作家、评论家聚集崇明岛参加笔会活动应该是尚属首次。在"海上花岛"举办金秋笔会，无疑是给崇明岛作家们向全国各地作家学习交流提供了良好的机会和平台。

笔会活动消息让我兴奋，举办的时间却让我有些踌躇。因为活动这一天，我应邀还要去学校辅导民乐课。我辅导的学校距举办金秋笔会的地点直线距离少说也有20公里。按照我骑电瓶车的速度，要等我为民乐班学员上好课

服务中心

后，想准时赶到举办笔会的场所，无论如何是有困难的。此刻，参加还是不参加的问题一直萦绕在我脑海里，说有点寝食难安的程度也不为过。思前想后，最后还是决定赴会参活动。提前向学校领导打了招呼，学校领导很支持我参加笔会活动，决定在10月18日这一天提前一些时间上课。

因为事先提前通知了学员，所以当我到学校时学员们大多数都到了教室。班长体谅地说："这一节课我们自己练，老师你就放心去参加笔会吧。"但是，我还是坚持把事先安排的课程上好离开学校。我骑着电瓶车先是向北行驶了一段路，然后拐弯沿北沿公路向西飞驰而去。车轮飞驰，耳朵两旁呼呼的风声有如虎啸狮吼。两旁的树木随着车轮滚滚向前而纷纷退到了后边，扑入眼帘的稻田犹如一块块土黄色的毯子，随风飘来了的是稻谷的阵阵清香。

散文

车行了四十多分钟，终于到达了前卫村。由于多年未到过前卫村，虽说本人也是本岛土著居民，但对这里还是比较生疏，不知道举办活动的地点"海上花岛"在何处。于是，我打开手机询问崇明区作协陈副主席，他告诉我在一个名叫"喜园"的地方正在举行金秋笔会启动仪式。大概是启动仪在进行中吧，老陈回话声音特小，依稀听到在"喜园"两字。我也不认识喜园在何处，就询问了一下当地居民，几个转弯花了五六分钟就找到了喜园。我到现场时，启动仪式已经到了尾声，作家们正在喜园门楼的露天站台上排列着，看样子是要拍照留影了。区作协杨主席看到我站在那里张望，就说："快站上了，要拍照了！"我听到招呼声，也不细想就站到了拍照人群的右边上。刚站好，只听"咔嚓"一声，一群人进了相机……

中午就餐在一个名叫"海上花岛"的酒店举行。席间，崇明区作协杨主席走到我与老徐旁边，遥请我们两个人表演节目。本来想推辞不表演，因为我们毕竟是草根水平。要在那些见多识广的全国著名作家、评论家面前"舞枪弄棒"岂不是班门弄斧？！杨主席言辞诚恳，说表演节目又不是参加什么比赛，主要是增强一些热闹气氛。这么一说，我和老徐不好意思了，就起身站到中间，我用笛子为老徐伴奏了一曲《红星照我去战斗》经典歌曲。大家听罢给了我们热烈掌声。盛情难却，我又独奏一首名曲《喜洋洋》，也赢得了大家的喝彩。我知道并不是演奏水平高，是大家对我多有鼓励。

餐毕，距笔会开始尚有一段时间。我们几个比较熟悉的作协会员合计了一下，决定步出餐厅沿着林荫小道溜达看看"海上花岛"景致。区作协杨主席很热情，知道我们想步行看景致后，就说这里范围蛮大的，走上半天不一定看完。于是，她专门为我们叫了一辆免费的旅游观光车。观光车向北行驶了一段路程后，视野开阔了起来，扑入我们眼帘的是宽广美丽的园林景色。因为，免费观光车上没有导游，驾驶员边开车边担负起了讲解员的角色，虽然没有导游讲得那样绘声绘色。但是通过他介绍，我们一行人初步了解了"海上花岛"这个四Ａ级风景区概况。"海上花岛"四Ａ级景区果然名不虚传：得天独厚的原生态自然资源，坐享千亩玫瑰园、百亩大草坪；景区还拥有人文景观"喜园"，自然科普类的"自然奇景探险乐园"种植"蝴蝶馆""萌宠动物园"等。海上花岛致力打造长江三角洲地区研学、团建、亲子基地。并建有海上花岛生态度假酒店、海上花岛玫瑰庄园酒店、华珍阁艺术酒店、华珍阁古瀛精品酒店四大酒店及多种民宿集群，还有最高可容纳1200人的花岛多功能会议中心、影视拍摄基地、花岛酒吧和玫瑰汤泉等配套设施，是婚典、团建等大型会议活动的最佳选择。还有玫瑰系列护肤用品、珠宝等文创产品，以及农业基地种植的多种农产品。

　　"海上花岛"虽然建成时间不长，却初具规模。这个拥有3.6平方公里地方，居然还有大型户外拍摄配套设施，打造生态文旅综合体，推进文旅融合创新发展。景区《风云崇明岛》实景表演中居然有马战场面出现，再现崇明抗倭英雄故事。这对于位于长江口的崇明岛来说，无疑增加了历史的厚重感，有助于崇明岛的地位提升，从而进一步促进新时代爱国主义教育开展。"海上花岛"本着人与自然和谐相处的理念，常年为全年龄客户群提供美宿、美食、趣玩、文创个性化体验及服务，坚持以客户为中心，为客户不断提供更好的产品和更优服务。

　　听完这位驾驶员的热情介绍，我们一行来到了华珍阁古瀛这地方。只见隐于绿野之中的华珍阁古瀛，估摸占地平畴半顷，四周绿水环绕。坐落于古瀛洲崇明一方小岛上，处尘世而无喧嚣。苏式格调，三重院落宅第。粉墙黛瓦，宿柱灰砖，廊引入随，步移景异；间有亭台楼榭、小桥流水，庭间雾绡弥漫。静听虫吟蛙鸣，坐观百花绽放，清风徐徐，生意盎然。典藏奇珍异宝和六千余幅名家手抄金刚经的艺术馆，让人身心净化、升华……

　　转而，我们又来到了坐落于景区的上海雷锋纪念馆，栩栩如生的雷锋塑像，似前进出操模样，给人们以精神和灵魂的鼓舞和鞭策。雷锋是毛泽东思

想哺育下成长起来的平凡而伟大的英雄。正因为我们祖国有了像雷锋一样的千千万万的平凡而伟大的人的奋斗，中国才有今天这般强盛发达。我望着这尊塑像，喃喃白语道：我们要永远向雷锋同志学习！

笔会期间，有幸还参观了千亩玫瑰园，在"浓绿如泼，鲜花盛开"玫瑰园里，享受了明媚快乐的一段时光。与同伴们互相拍照拍视频，留作纪念。橄榄树我只是从影视作品里看到过它，这次笔会之行，还有机会在"海上花岛"景区里看到弥足珍贵的从西班牙进口的橄榄树。其独特的树型显示出了它的稀有。通过阅读树身背后横伏的石碑上镌刻的文字注解对橄榄树有了一定了解。橄榄树是地球上最古老的树种之一，属亚热带常绿乔木。原产于南欧地中海沿岸，西班牙是种植橄榄树最多的国家。橄榄树耐旱、抗风、不畏寒，能够适应不同环境的生存。生命力极强，其寿命可达几千年。所以，被人们称为"长寿树"，也被称作"生命树"。西班牙的千年橄榄树被联合国粮农组织认定为农业遗产。被称作活化石的橄榄树自人类诞生之日起就与人类产生了密切的关系，对人类的生产生活产生了重要影响。古代地中海有着"橄榄树文明"的荣誉称号。古代西班牙人将橄榄树视为胜利、和平与智慧的象征，它是人们心目中的神圣之树。在西班牙，橄榄树象征财富、健康和成功，也寓意着爱情、坚强和永恒。有这么多的象征意义，自然我们每一个人都视橄榄树为如意吉祥之树，以敬畏的心情纷纷站在橄榄树旁边拍照留影……

弹指之间，举办金秋笔会的时间到了。我们一行人恋恋不舍地离开美丽如画的风景区。还未走到的景点只能等到以后欣赏了。下午时分，金秋笔会在"海上花岛"会议室举行。笔会由区作协主席杨绣丽主持。"海上花岛"代表蔡德飞先生用热情洋溢的语言欢迎全国作家、评论家们到崇明岛采风作客。蔡先生用生动语言介绍了前卫村、"海上花岛"的概况和发展历程。希望作家们、评论家用手中的笔为前卫村、"海上花岛"多做些宣传，来推动这里乡村经济振兴和发展。蔡先生满怀信心地给参加笔会的作家、评论家们展示了"海上花岛"未来的壮美画面。来自全国各地的作家、评论家们在笔会座谈会上纷纷建言献策，表示要用自己手中的笔，用我们的文学创作的热情为"乡村振兴，共同富裕，谱写出时代新作品"。中国作协原副主席、浙江省作协名誉主席、著名作家黄亚洲在给参加笔会的与会者介绍了他所见到的全国其他地方"乡村振兴，共同富裕"的生动故事，赞美了前卫村和"海上花岛"所取得的成就，表示要用自己手中的笔把前卫村，把"海上花岛"成功经验、美丽景色介绍给全国广大读者。中国作协主席团成员、中国散文学会会长、著名作家叶梅在笔会上说：文学离不开生活，乡村振兴，共同富裕之路也需要文学家的宣传推动。崇明有着丰富的文化底蕴。徐刚、赵丽宏等都是全国著名作家，因地制宜建立起有利于人文交流和旅游发展的文化名人基地，会对振兴乡村经济，走出一条共同富裕道路起到作用的。笔会上，文学家们纷纷表示：做好"乡村振兴、共同富裕"这篇文章是我们责无旁贷的责任，我们会用自己热情和虔诚做好这篇文章的，为推动社会主义新农村发展贡献出自己力量！

金秋是那么美好，而金秋笔会给我的印象又是那么深刻，对我的启发又是那么广阔，这在我一身中是不多见的。是的，我会永远记住这次活动的，并从这次金秋笔会活动中所学习到的知识融入我的文学创作中……

哦，难忘金秋！

张伟杰

男，1956 年 2 月出生，当代文学艺术中心作家协会会员、北方文学艺术研究所作家创作中心创作员、上海市崇明区作家协会会员、上海市崇明区文史研究会会员、上海市崇明区鳌山文学社编委。在省市级报刊发表各类文章千余篇，多篇文章获奖。

游吟崇明岛（组诗）

黄亚洲

驶上崇明岛

崇明岛原先有的几家小企业，也都迁走了
现在，全岛都被芦苇、玫瑰、杨柳、白鹭占领
长江口的江鸥偶尔也会闯进来，在柳树梢头
扮一回黄莺

崇明岛要做生态岛，是上海市的决策
我今天进岛，小车就一直在林荫道上曲曲弯弯
那只温暖的鸟窝"海上花岛古瀛酒店"
在小路尽头等着

猜想，睡觉的被子，一定都是
真正的羽毛

在崇明岛上收拢翅膀是合适的
长江走过了大半个中国，留下了最后的爱情
太平洋送来鲸鱼与海豚酿的空气
那就做几天岛民吧
学习白鹭，弯下脖子
梳理一番自己的羽毛与诗句

崇明米酒

酒瓶上标注的那个大大的"8"字，说明
酒精度实在不高，但一咂嘴巴
微甜微醺，醇味十足
满桌子都说好喝
好像，整个岛子的草味与稻香都酿进去了

好像，是长江离开大陆的最后一刻，留下的
一个很纯的吻
好像，是一个岛子上所有的芦苇、菖蒲、狗尾草
共同收集的露珠

我要向这个岛子的糯米致敬
你柔软的身段肯定是九曲长江给的
我要向崇明的酿酒师致敬
你们最懂得
长江那种恋恋不舍的离情

满桌子都说好喝
我这个不喝酒的，也连着喝了三杯

一杯是上海
一杯是江苏
一杯是长江

古瀛酒店

有一大一小两支瀑布，布置在我卧房外头
因为怕吵我，所以噪音压得隐隐约约
大的一条，是唱
小的一条，是吟

瀑布的邻居们都很优雅，就是那些
假山、水潭、灌木，还有回廊与六角亭
至于那些雀儿，也会三只两只
探头探脑地落下
偷食春天或者秋天的花果

这家酒店由一条小河四面围住
进店，必得走上石拱桥
酒店坐落于"海上花岛"景区
因此也可以说，这家酒店是岛中之岛
每位住店宾客都如此心花怒放，因此也可以说
住店宾客，都是岛上的灯塔

我连续几天住在这里
观赏长江口的花，呼吸太平洋的风
内心一直喜悦，光芒闪烁
弄得夜空的月亮与星星都有一点不满意了
说你的心，怎么比我们还皎洁！

崇明岛，喜园

我看见了欢欢喜喜与吹吹打打
看见了花轿、喜船、婚床与"喜上眉梢"
看见了高堂端坐与司仪三唱
也看见了洞房里的闭月羞花，看见
爱情结子

世上最开心的事情，就在这里张灯结彩
一半游客开始遐想
一半游客开始回忆
有感激，有感动，有感叹，有感伤
有游客笑着笑着眼睛就开始红了

今天，作家采风活动的开幕式就是选择喜园举办的
这当然是一种寓意
文学与生活必须成亲
今天，所有的报章杂志都跟在后面，吹吹打打

这个婚礼很有意思
坐在上首的，当然是祖国
祖国是高堂
高堂摆摆手，同意了

玫瑰庄园

无论老上海人还是新上海人，一对一对的
都愿意挤来这里拍婚纱照
都愿意穿行在海浪般的玫瑰里，愿意不小心
脚下一滑
被爱情淹没

关键是这儿的花势太汹涌了
玫瑰都学会了太平洋的行走方式
以至于，第十届花博会的会场都放在这里
以至于
自贡花灯展览都选在这里放光，让爱情
里外透明

可惜我今年来得有点晚
玫瑰最大的洪峰已经过去，当然
留守的玫瑰依旧笑容可掬
她们问我的一生，是不是还需要摆个姿势
用爱的光芒，来个定格？

我说当然可以呀，我这一辈子
就没机会，拍一张婚纱照
话没说完，立马，就挽上了一株硕大的玫瑰

显然，我的洞房便是崇明岛了，今天夜里
准备迎接
太平洋的狂涛

崇明西沙湿地

湿地沉静而雍容，像怀抱一大群孩子一样
怀抱
沼泽、湖泊、河流、泥滩、芦苇，以及
无数白鹭的鸟蛋

由于每天有潮汐来袭
湿地教会了所有的孩子，如何
睁眼与闭眼
这很重要，面对长江口外的西太平洋，不能
没有处世之道

所以这里的木栈道，都修得很高
我一路观察着水杉与红树林，以及一滩一滩的
没有褪尽的长江
蠕动在我脚下的，则是白虾、沼虾、泥蟹、螯蟹，与
河蚬、梨形环棱螺、舟形无齿蚌，它们
都是湿地家族里最小的成员
它们叙述的家庭琐事，全都细小而泥泞

最后，我走到了木栈道的尽头，站住
像孔子一样观水

我看见的是，表情相当复杂的江面
长江即将退休
湿地过意不去，派出大群大群的芦苇
列队致敬

我这才知道，西沙湿地为什么，整日
泪流满面
这是全家拖儿带女，最后时分的
涕泪相送

崇明岛，三十六行展示馆

长江堆积起了崇明岛我是知道的
但是长江把中国江南腹地几千年的生活艺术
也堆积在这里
这是我今天才看见的

我愿意在这个下午，坐进这些艺术的核心部位
磨豆腐、弹棉花、打铁、织布、酿酒、造纸、雕木、编竹
我愿意跟盛唐与南宋，坐在一起

做完这些之后，我再来写诗
我知道，诗歌对柴米油盐酱醋茶
其实，是执弟子礼的

我喜欢看木作坊里的老师傅不断变换雕刀
把一座森林，细细切成艺术
我喜欢听那位豆腐西施的抱愧，说今日生意好
您要的糍粑、崇明糕，全卖完了

我愿意在这个下午
坐到铁砧上，被历史敲出火花
叮当叮当，顽固不化

参观上海雷锋纪念馆

今天我在长江出海口的地方，握着了你的手
其实我知道，你的手的长度，不仅
只是长江
还要加上黄河，还要加上辽河

你出生于长江的支流，后来
跨过黄河，去了辽河
但我今天，却是在长江走完了里程的地方，这崇明岛
握住了
你这双永不脱离方向盘的手
你怎么到了祖国的最东面？

你是认识我的，我就是写过长篇小说《雷锋》的那个人
书在长江流域、黄河流域、辽河流域都销得很好
但我没想到，能在长江跨入太平洋的地方
看见你在擦拭"解放牌"
是不是你的方向盘，有了当代的导航？

因此，气势如虹的浦东，英姿勃勃的上海人

都听到了你引擎的声音

这是有战略意义的

你的毫不利己专门利人的相关人类命运共同体的意志

从上海起航了

凡是从上海展开的里程，都与旭日有关

我写过你的书，所以

要告诉你这个秘密

黄亚洲

　　作家，诗人，编剧。曾任第八届全国人大代表、第六届中国
作家协会副主席、中共十六大代表、浙江省作家协会党组书记兼
主席。现任中国电影文学学会副会长、中国作家协会影视委员会
副主任、《诗刊》编委。出版小说、诗集、散文集、影视文学集
等文学著作四十余部。作品先后获国家图书奖、鲁迅文学奖、金
鸡奖、金鹰奖、飞天奖、百合奖、夏衍剧本奖、屈原诗歌奖、李
白诗歌奖，各类作品六次获国家"五个一工程"奖，电影作品六
次获国际奖，小说《日出东方》列为新中国70年70部优秀长篇小说。
各类代表作有：诗集《狂风》《行吟长征路》《中国如此震动》，
长篇小说《雷锋》《红船》，电影《开天辟地》《落河镇的兄弟》
《邓小平·1928》，电视连续剧《张治中》《上海沧桑》《历史
转折中的邓小平》《中流击水》。

为三十六行点赞（外三首）

安　谅

多好
要多淳朴就多淳朴
要多时尚就多时尚
三十六行展示祖辈的活计
又摆开欢迎参与的姿态

古老和现代的结合
就是当下独特的风采
海上花岛不仅仅花开千亩
还有这片天地
像崇明这块土地，向未来拓展

不是尝了糍粑，嘴就甜了
是凝成一股绳的工艺，让我断想
所有的聪明才智汇聚成流
不愁这海不净，天不湛蓝

喜园小记

三顾喜园，都阒静无人
众乐难成，独留一人自省
这千工床雕镂精美

睡梦是否也美免美轮

这明末清初的喜床

巧夺天工，床中人

是否都白首到老

至今满堂子孙

那床榻上的镜面

已被岁月侵蚀

发亮的床头

难道曾经泪水滚滚

上百张婚床，各自的故事

一定像喜床，异彩纷呈

在喜园里

仿佛咀嚼了成千上万个人生

从喜园出来

独自在自己的床上，难以入梦

梦中的橄榄树

在玫瑰花园的门两侧
两棵千年古树，像中国的迎客松
双臂伸展，枝叶显笑容
这来自西班牙
一棵是橄榄树，另一棵也是
像孪生兄弟
姿态翱翔，又站得稳稳
我欲问他们，在他乡，寂寞吗？
他们笑而不答，又似乎在问我
客从何处来？
我恍如梦中

走近园子，又见他们的兄弟
29 位，在广袤的土地上凝然生动
他们是把他乡当故乡了
即便思念还在翱翔
足下已然生根

梦中的橄榄树，以地中海的风情
在海上花岛追梦，款款情深

从蝴蝶馆起飞

崇明岛是适合起飞的地方
海上花岛就是一个机场
广阔，前卫，天空，临海
蝴蝶馆是其中的一个航站
无数个梦想都在酝酿
你从孩子的目光中
可以想象飞翔的蔚蓝

海上花岛自有胸怀
崇明岛自有胸怀
胸怀是机场开辟的牛耳
梦想者执牛耳
在天空翱翔翩翩

那云彩为何绚丽多姿
分明是纷飞的千万只蝴蝶
在蝴蝶馆的孩子
我怎么看，他们都是
一只只可爱的蝴蝶

海上花岛（组诗）

杨志学

海上花岛释义

海，上海的海
上，上海的上
花，玫瑰花的花
岛，太阳岛的岛

这是一种拆解
把一个名词分割、打碎
把事物变得七零八落
打碎了的东西，也像一个万花筒
映出一个生机盎然的缤纷世界

海上花岛是一个词组
首先，它容易被理解为偏正结构
如果把"海上"看作修饰语
"花岛"，自然就成了中心语
只是，不知是海上修饰了花岛
还是花岛修饰了海上

因此，不如换一种思考
比如，海上和花岛
这样，它们又是一种并列关系
海上是方位，花岛是状态
海上是地形，花岛是色泽和气味
二者的组合，不是简单相加
二者的相加，又可以产生多种结果

再有，更进一步
如果把海看作主语
海就是伟大的人
作为谓语的"上"
是海发出的指令和动作
如此看来，花岛就是宾语
是海的美好前程，和远大目标

海敞开胸怀，已谋划好了蓝图
他让前卫村上升为庄园，把花岛
搬上了这片未经开垦的土地

海上花岛自述

我是上海

我又不是上海

我就是我自己呀

我小于上海

我也大于上海

我并不局限于面积

我是物质

我也是精神

我是二者的结合体

我是现在

现代性是我的属性之一

我是未来，未来属于梦想

梦想在于追寻，追寻乃人生真谛

崇明岛张开了双臂

如果海内有知己

知己就是你

因为你走近了我

我的世界才充满活力

如果海外有奇迹

奇迹就是我

在纷纭变幻的世界

我获得越来越多的知己

我和你，心相印

珍惜这难得的机遇

你和我，手拉手

谱写着乡村振兴的乐曲

玫瑰庄园

一觉醒来，一个庄园诞生了
一个童话般的王国展现在眼前

不要以世俗的眼光去看待这个庄园
不要把她看作复制和照搬
其实，她是以中国为舞台的创造
她已经历了神奇爱情的考验

一个又一个夜晚
一条又一条航船
从乡村到城市
又从城市回到乡村
跨越了东方西方
到达了崭新的彼岸

城市要回馈乡村
因为乡村本是城市的来源
勇敢地实践吧
玫瑰花的美
离不开丘比特的箭

让我们出发

让我们出发，去看玫瑰庄园
让我们出发，走向海上花岛

玫瑰庄园里不仅仅是玫瑰
还有三角梅呢
还有橄榄树呢
还有百花齐放、万树竞发呢

每一朵玫瑰都是一颗心
每一棵树都有自己的经历

抵达海上花岛的路径不止一条
认准方向，看清路标
导航前卫村
迎着东方的朝阳
来到长江口，跌入大海的怀抱

有情怀的人
正在把乡村振兴变成现实
崇明岛，中国最大舞台的乡村
像中国最大的都市上海那样
焕发出前所未有的光彩
这里有憧憬，有爱情，有掌声
也有芬芳的汗水，有一个个
永远把奋斗当作享受的高大的身影

杨志学

笔名杨墅，号十五少年。文学博士，中国作家协会会员，编审。历任解放军外国语学院副教授、《诗刊》编辑部主任、中国诗歌网负责人等。有较多诗歌和评论见于《人民日报》《光明日报》《诗刊》《人民文学》《上海文学》《名作欣赏》《作家》《作品》等。著有《诗歌：研究与品鉴》《诗歌传播研究》《心有灵犀》《在祖国大地上浪漫地行走》《山顶上的雪》《谁能留住时光》等。主编诗集《朗诵中国》《中国年度优秀诗歌》等20多部。曾应邀担任鲁迅文学奖及其他重要诗歌奖项的评委。诗歌作品获《上海文学》奖等奖项。曾受中国作家协会委派，任中国诗人代表团团长出访塞尔维亚。

遇 见

杨海蒂

海上花岛

这是一片神奇的土地
这是一座野性的岛屿
大自然别出心裁
在此造就另一方上海
"长江门户、东海瀛洲"崇明岛
中国第三大岛屿
祖国曾经的海防前哨
而今被花仙子征服
遍地芳草鲜花
色彩绚烂肆意狂欢
像有一支巨笔在岛上作画
赋予她无穷的魅力
自然与艺术共同交织成
美丽宁静的海上花岛

在长江入海口

沿着银色沙滩

行走在波浪的消逝中

树影婆娑掩映

小竹桥风情万种

流沙线条优美

我的欢乐流淌其中——

扒出横行霸道的小螃蟹

抓住油滑的小泥鳅……

如狂飙之骤起

我突然看到了你

一动不动远眺前方

仿佛在寻找大海的尽头

侧影似雕塑

挟陈慎坚守海防的气势

恍若宙斯从天而降

在喜园

早晨八点一刻
没错，就是这个时间
永远不会忘记的
当我沿着玫瑰庄园的小径
踏着缤纷落英
跨进这张灯结彩的院落
你和鲜花扑面而来
"送你的，比比谁更美"
你目光凌空又逼近
好似星辉闪烁
我双颊飞红
像朵含露的玫瑰
大红双喜椅在阳光下闪耀
身后 光阴之门悄然关闭
我看见风儿掠过
我听见花儿盛开

东滩 西沙

晨曦中　我跟随你

奔往岛屿最东端

东滩湿地公园草木茂盛

我战栗地看着

太阳冲决遥远的地平线

抛洒出第一道阳光

鸟群云朵般飘移而至

尽情享受这儿的丰饶与自由

以悠扬的鸣叫歌唱

在西沙　也不断有惊喜发现

长河夕照　渔舟唱晚

湖泊珍珠般熠熠发光

暮色亘古般降临

你牵起我的手

我心如撞鹿

激动得像朵浪花

月光缓缓流淌

在梦幻般的芦苇荡

夜色如水

四野无声

唯清风偶尔骚动

夜色如水

我们携手走过苍茫

不远处 一只黄鼬逃窜

我比它更惊慌

一双臂膀顺势缠绕

一阵晕眩瞬时袭来

我迷失于

这浩渺的夜空

就像勇敢浪漫的水手

迷失于女妖的歌声

月亮躲进云层

星星眨眼传情

世界美如斯

此刻，死生契阔　与子成说

杨海蒂

　　《人民文学》编审，兼任三毛散文奖、方志敏文学奖、丁玲文学奖、"周浦杯"全国诗歌征文、"大鹏杯"全国生态文学奖、《羊城晚报》"花地"散文排行榜等评委。著有文学和影视作品多部，近作《我去地坛，只为能与他相遇》《走在天地间》《这方热土：海南热带雨林》。作品入选数百种选本、选刊、年鉴、排行榜、教材教辅读本，并被应用于高考和中考试题；部分作品被译介国外；获丰子恺散文奖、丝路散文奖、北京文学奖、全国优秀报告文学征文一等奖、"中国·大河双年度诗歌奖"等。

"海上花岛"诗笺

李　樯

垂钓小屋

河对岸的丛林间
长出几栋
原木色的钓鱼民宿
孤立，安静，隐蔽
如果不是一个垂钓爱好者
几乎不会注意到
它们的存在

我想住进那样的小屋
守在阳台上
一把伞，一壶茶，一支竿
时而点上一根烟
不管夏雨冬雪
不顾阴晴圆缺

作为一个都市人
谁不向往
柳宗元独钓寒江雪的
万千孤独呢
我想石化在那样的丛林间
成为僻静的一部分

玫瑰庄园

崇明岛，上海的后花园
想必"魔都"的十里洋场时代
这里还是一片贫苦的渔村
现在它成了一个绿色的肺
河道纵横，草木葳蕤

汹涌而来的洁净的空气
裹挟着就地酣眠的睡意
路面干净，村落无声
林间恬静，江风无影
身体已被这里的空气
洗得通透纯净

突然，眼前豁然开朗
一片现代园林式的院落
一座欧式风格的建筑
把人儿从原先的乡土气息
倏地拉进童话故事里

橄榄树

花岛的庄园里

有一处网红景点

一群少女心爆发的女人

正抢着跟两株

千年橄榄树合影

终于见到这熟悉又陌生的树

苍老嶙峋的树桩

需两人才能环抱

树枝遒劲如龙的角

叶片小而厚实

颜色是很少见到那种绿

绿中有层朦胧的白

白中有种写意的灰

这是三毛与荷西的爱情树

是齐豫遥远的远方

现在她是我们所有人的

爱情和远方

李　樯

　　《青春》杂志主编，在《人民文学》《诗刊》《钟山》《中国作家》《上海文学》等刊物发表小说近百万字，诗歌三百余首。出版长篇小说《寻欢》《非爱不可》《恋爱大师》，短篇小说集《喧嚣日》，诗集《挑灯夜行》。曾获金陵文学奖、南京文学艺术奖、紫金山文学奖、扬子江诗歌奖等。

海上花岛（外二首）

龚　璇

一

我，看着醒来的岛屿

田野，村庄，湖泊，撩开的晨光

鸟鸣与蝉唱，把季节的植物

叫唤成一次迷醉的向往

某种信念，追着我

更深地触动我，流溢花海的灵感

我，未曾体验过的纯净
与天空，云朵，融为惊叹一瞥

日常的一部分：耕作，或收获
也不需要为之印证。源自酣梦的一切
焙制出另一个世界的奇迹

现在聚焦的：草坪，花海
喜园，汤泉，乡村酒吧
就在眺望之外。我，明白存在的意义

视野不会凌乱。憧憬的极境
不为语言所囿。那不是幻影
风中翻腾的树叶，是枝上唯一的亮点

还有传说，积攒着时间的考验
一个热爱海上花岛的人，目光所至
许诺灵魂的，没有什么可以懊悔

二

建一座海上花岛
让恋乡的寂影
葡萄村庄的周边，与蜂蝶
享尽时光的激情
不再约束美丽的展翅

在岛上。我，念叨的葱茏
花草丰茂。仿佛一面墙
再也不怕北方的冷风
撕裂花朵的灵魂
我看到，兰圃，荷塘
甚至菊坛，竹林
正交换阳光的气息

花田，演化的婚床
张开欲望的怀抱
与广袤的云被，拥我入房
怒放的花朵，蜜一样的香甜
诱惑我，释放身体的灵性

我能听到飞鸟的呼吸
我，记录的情史
并非只是百花的梦幻
它凝固着爱的晶体
悄然扎入花朵的秘巢
更贴近的，是一颗温软的心

西班牙橄榄树

入秋，天空明净。我，试图理解
迁徙的橄榄树，因何总有别样的心情？
我想起了，梦中三毛的流浪与无奈

从西班牙到海上花岛，丰富的阅历
无须多言。谁，一如既往，守着生命的斑斓？

这些大地的盆景，拒绝虚构。容身之地
瓦解所有的陌生。天使垂青的眼神
释放出某种隐喻的光芒

不是每种树型，都能做到这一点的：
活着的古董，就是用来凝定美德的形象
比如橄榄枝，它是白鸽衔来的人类脏腑

我，不肯舍弃编织的花冠
雅典娜的遗产，仿佛宇宙间光明的精神
怨怼，或质疑，何以可能发生？

我也不想那么做。只有靠得更近一些
以思想的磨坊，榨出内心的空虚
猎人，才会有饥饿的目光

在西班牙橄榄树旁，谁，埋下杂念
他的灵魂，就穿不透梦魇的城墙

荻　花

立秋之后，寒意渐浓。有人提醒着
该去崇明岛看看荻花了

落霞。夕光之间，一簇簇荻花
泛起银白。低头致意的样子，姿态绰约

风，轻缓地吹过。满目美的意识
所有的体验，将是一件幸福的事情

谙熟的江滩，白鹭承载着激情与梦想
它们的爱，浸透暮色下慌乱的苇丛

我，已经不想再找任何借口
只在高处，为荻花演绎的秋景鼓掌

这是荻花的家园。唯我独享时间的静好
我，又怎能错过这美妙的片刻

龚　璇

江苏太仓人，中国作家协会会员，中国诗歌学会理事。在《诗刊》《中国作家》《十月》等报刊发表诗歌作品 600 余首。有作品入选各类年选，出版诗集《或远，或近》《灵魂犹在》等 7 部，主编《2018 中国诗选（双语版）》等 7 部。多次参加世界诗人大会。获第二届中国（佛山）长诗奖、郭小川诗歌奖、2019 年第 39 届（印度）世界诗人大会中文诗歌创作一等奖。获 2012 年《诗歌月刊》年度诗人称号，入选第四届中国年度诗人榜。创意建立江南民间现代诗歌馆。

崇明岛散拍

哨 兵

过海上花岛玫瑰园

玫瑰园谢了也美得像果林，与桃

梨，或在我心里疯长的灌木

一模一样。晚来是福

若赶上花季，玫瑰

又能赠予谁呢。人至中年

时已秋，我已无力再一次去爱

这个世界

清 早

清早我们在崇明岛谈长江

大海和诗。大浪淘沙

也聚沙。入海口最后一块沙洲

已变成森林，有一片芦苇就站在水里

但不知谁误撞进去，激起一阵惊呼

没过脚踝的泥，是屈原

杜甫，或苏轼们踩过的沙。这怎么反驳

又如何求证。四下张望

站在一起的只有安谅

李樯、龚璇，还有几只迷途的海鸟

而长江东去，忙于找寻大海
没在意我们在谈论什么

母鸡与飞机

飞机巨大的轰鸣总是惊扰母鸡
下蛋。母鸡离窝，母鸡上树
母鸡扔掉工作，终日被现代文明
震撼，挤在树梢
嘀嘀咕咕，何日能向飞机学习
挣脱肉身，过上云端的日子

哨　兵

1970 年 11 月出生，湖北洪湖人。中国作家协会会员。出版诗集《江湖志》《清水堡》《蓑羽鹤》《在自然这边》等。获《人民文学》新浪潮诗歌奖、《十月》年度诗歌奖等奖项。现居武汉。

栽种玫瑰的人

张　烨

栽种玫瑰的人
带领整座荒野走进你的幻境
沿途留下劈开的碎石和荆棘
披着霜雪的身影晃动在十二月的狂风中

在辽阔的思维空间造梦
在一片未知的土地造梦
倾家荡产
用仅有的"菜篮子"资金
铸成一束巨大的玫瑰光源
打开黑夜紧闭的门
打开一幢幢灰色残屋，黧黑的愁容
播下人们内心的愿景

栽种玫瑰的人
带动一村庄的人栽种玫瑰
走进未来的玫瑰庄园
不是没有想过突如其来的干旱、洪水
不是没有想过身上拴着一村人的命运
也许只有更大的压力才能忘却恐慌
也许只有不断的危情才能修炼成佛
没有退路是最坚定的路

诗歌

东玫瑰，西玫瑰，南北玫瑰

千亩玫瑰将贫瘠浪漫成海上花岛

浪漫成爱，浪漫成美，浪漫成文字记载

在春天的指挥下

燃起大地火热的旋律

栽种玫瑰的人

连睡梦中都在倾听

千姿百态的玫瑰花语

吸引情侣们到"玫瑰吧"来

这里的玫瑰是一个动词

提炼美容化妆品

制成玫瑰酱、玫瑰酒，摆个玫瑰盛宴

美食家们奔走相告，蜂拥而来

酒家小楼

养生休闲的人们

喝着香雾袅袅的玫瑰花茶神吹海聊

玫瑰温泉润泽肌肤

拂去现代人快节奏生活的疲惫

水乡别墅

让每一个村民都成为别墅的主人

建学校、厂房、影剧院、图书馆、美术馆、博物馆

所有伟大的想象

最终都由现实完成

放牧一庄园玫瑰

红骏马、白骏马、黄骏马、紫骏马

万马奔腾涌向天边，香阵排云

以奔腾，以强大，以追逐更远大的梦想

改变自身的命运

栽种玫瑰的人

曾经是白衣翩翩俊朗少年

几十年后

一路芬芳，归来依旧是少年

温暖过你的严寒

甜蜜过你的艰辛苦涩

玫瑰永远绽放在你的记忆深处

张　烨

　　生于上海，上海大学教授，中国作家协会会员，中国诗歌学会首届理事，上海作家协会诗歌委员会原主任、多届理事，上海朗诵协会理事。1985年参加诗刊社举办的第五届全国青春诗会。已出版7部个人诗集、1部散文集。诗集《雪旅》收入"中国好诗"第六季。诗集《鬼男》分别由爱尔兰脚印出版社及罗马尼亚具有百年历史的JUNIMA出版社翻译出版，并应邀出席在都柏林举办的首发式。曾参加在奥斯陆举办的"中挪文学研讨会"。部分作品译介成八国语言，入选350余部诗选及多种文学性辞典。曾多次获全国性诗歌奖。2018年获"华亭诗歌奖"，2019年获第三届国际诗酒文化大会现代诗特别奖，2020年获中国·星星年度诗人奖，2021年获上海市民诗歌节"杰出贡献奖"。诗歌界约有50余篇评论张烨诗歌的专题论文。

海上花岛（组诗）

徐　芳

梦中的橄榄树

从青春无悔到人生有"海"
大家都误解了前后左右
误入时间的深处，好一片
寂寞沙洲冷——
只看天上，有一句
没一句地搭话，或者无话

于是，夜的笔触
从无所谓对错的前路出发
又归来，这才逻辑地证明
喜欢的就要，剩下的
丢掉，丢掉——比如我
以及其他……

梦中傲娇剪影的橄榄树
挺"凡尔赛"，却秒破难题：
不如一起梦游，真如触及
秘密的无数脚趾，似动
而不动——

就像海浪拍打出开花的

空气，大块去掉脚下的

大地，当然不是

就此陷于虚无，当移动的

车灯的一线光芒，拴于

眼角——却可从四面八方

观看，只属于此刻的

海洋之心

光·影

把大片的阳光，简单塑形成
大海和渔网——

在那个早晨，无论在下网
还是在起网，鱼群又倒回了
那大片的阳光中——在更大的网里
跳！

那闪闪烁烁的表情，仿佛是
记忆的碎片，可又改变了记忆
就像你会突然加速，大声疾呼
而倾泻的天空，便会来个急转弯
把一个人变成一艘船
把一艘船劈成了无数浪花
把阳光下的大海变成了
其他所有的事物——当世界已经启程
便是向着光明自己本身的朝圣

让一朵云继续盘旋，我再把滚烫的心脏
高高举过蟹脚，甚至举过
黑暗的头顶，就像在自助餐厅里
大自然的一切都任大自然的一切
反复选择，如普照，又如万物

背光的人，和光背着的人，如影与光
迎光的人，和光迎着的人，如光与影
仅容一匹大风——像野物一样呼啸而入
仅容我笔下的墨水——像大海一样燃烧
像某些句子看见了光辉飞逝而永驻……

观云瀑

当层云垂下，在海那边
像心里的那双眼睛
取之不竭的蓝与白，云瀑
升腾与降落在有限与无限
以及混乱、转变与摇晃诱惑中

要是我只有这一种疯狂的关注
也只有这样的设计，要求进入
孤独，而来得突然的
万丈激情，在万物拒绝虚拟的
同时——与天空交换着位置

虽然万事不在人为，但我费尽

力气，必须不让自然语境里的真实

太过虚伪，不至于真作假时假作真

当然，更惊诧于假作真时真亦假

迷人的江湖，忽忽放逐与自我

狼的长啸与鹿的飞跃，刹那

令泪水的腾云驾雾，即止以日夜

继之以心灵沐浴以激流荡海

在歌舞唱词中领受今夕是何夕

风中的我们

草上燃烧的一滴水

每块石头都是一个字

而每一个字也都像云朵

但就是石头也会飘移

在所有看不见路的路上

所有的路，所有的人

我们，都接那些掉落的

早已飞逝的树叶之舞

弯腰

昂首

挺立

是的，风中的我们

来过这里——所谓崇明

沿着天空的地图走

将距离变成了倒装句

无须寻渡，千亩玫瑰

隐身了，从万众追捧

到销声匿迹，再到灿烂

好像刺人感官的高高太阳

正为滩涂涂抹着

淡妆浓抹的色差

我思念自己的一个梦

这梦是属于我的吗

不，这郁郁青青的芦苇

桅上的云，渔民摇动的

云水呻吟——都是属于

江海、快艇掀起的雨雾

从眼前抓取的宇宙啊！

这来自海上的海上花岛

加速度，加赞，加星

加千奇百怪超乎想象

加上如崇如明的仰视

与俯视——你看我们的头发

挂着天上的鸟影，你再看

我们的心跳藏在观音兜下

闪烁的炉火里——务必

请您一一签收，小心打开！

徐　芳

　　生于上海。1982 年开始发表作品，为华东师大夏雨诗社创始人之一，曾任夏雨诗社主编和指导老师。1984 年加入上海市作家协会，2000 年加入中国作家协会。现供职于《解放日报》，任高级编辑和《徐芳访谈》主编。著有《徐芳诗选》等十余册个人作品集，诗作还被编入《中国当代新诗大词典》《中国当代女诗人诗选》《中国当代大学生诗选》《中国当代校园诗歌选萃》《学院诗选》《中国第三代诗人探索诗选》《朦胧诗二十五年》《新时期文学二十年精选》《＜诗刊＞创刊 60 周年诗选》《21 世纪中国最佳诗歌 2000—2011》《2011 年度中国诗歌选本》《2012 年中国诗歌精选》等百余本选集和辞典中，多次入选《中国诗歌年选》和《中国诗歌排行榜》。上海作协曾召开徐芳诗歌作品研讨会；曾获首届"诗探索·中国年度诗人"奖（2011 年）；散文集《她说：您好！》获第五届全国冰心散文奖等；2015 年，在意大利都灵大学做中国新诗讲座；曾获中国新闻奖、上海新闻奖多次；有部分诗歌和散文作品被译介；目前约有五十多篇评论徐芳诗歌散文创作的专题论文。

诗
歌

造一片爱的花海（组诗）

杨绣丽

喜园

喜园有三个四合院
仿佛是三位美人
或是三位闺密
在比邻而居

她有玉兰般的呼吸
她有莲藕式的梦
她有彩灯流霞和红绸花轿

他邀你们重回故乡
对的，这里已然是故乡
他扛起一把锄具
把爱和梦想深耕入
月光下他欢喜的园子……

造一片爱的花海

你，手捧一杯玫瑰种子
从异乡走来
有一粒嵌入了麦秸垛里
有一粒落在了青草的翅膀中
有一粒陷进了岛的腹部

玫瑰可以生根
春天来了
细雨中我们不再一贫如洗
一个个海岛的少女会变成新娘

从一个村庄跑到另外一个村庄

玫瑰的影子连成光阴

花朵可以变幻成 365 种颜色

其中最美的一朵

我们把她命名为"崇明"

橄榄树

一棵 1400 岁的橄榄树

从西班牙移植而来

仿佛是驭马天涯的勇士

又像是一位千年的古者

在这海上花岛驻扎栖居

荒草绿云

夕阳在恍若戈壁的田野上滚动

诺亚方舟上飞出的鸽群

衔回了一份安宁

星光被储藏在陶罐里

长着金色犄角的麋鹿

追逐泛着白光的神奇的橄榄树

此刻，其实没有麋鹿

而我们，一群旅人，在此邂逅

你从手机的网易云音乐 App 里

播放一曲《橄榄树》

不要问我们从哪里来

我的故乡就在此地

而你的梦乡也移植到了这里

在这海上花岛

在这洒遍金光的大地

我们的呼吸里

有绿色橄榄树毕生的气息

杨绣丽

中国作家协会会员、上海作家协会创联室副主任。兼上海诗词学会副会长、上海作家协会诗歌委员会副主任、《上海诗人》杂志副主编、崇明区作家协会主席。已出版作品 10 多部。曾获第十五届中国人口文化奖文学类奖、首届"上海国际诗歌节"诗歌比赛一等奖、第七届徐迟报告文学奖提名奖、第十二届《上海文学》杂志诗歌奖等奖项。

诗歌

海上花开的世代

张予佳

崇明岛　东海善睐的明眸
海上花岛　岛中之岛
是大陆漂流的后嗣
遗留未愈的相思
——息壤的形状
繁星之海的镜像
——花团锦簇的衍射
为近海浪挑动音符的缤纷

若世间存在极致的美
那么鲜花应该算是一种
若诗意隐匿于远方
远方必定也有鲜花
若世间存在彼岸之岛
难以轻易接近
那么泅渡才是登岛最合宜的途径

上岛观花　领受自然
终究归还的人间赏赐
年月谱系细述芬芳
定命流转四季荣枯
有时栽种　有时拔离
移步换景　迷宫徜徉

报春花　绽放悄然

却似信使颠簸盼望

马蹄声　以地为鼓

节拍　隐喻悲喜交加的又一年

牵牛花指涉攀援的方向

数算烈日边际之光曾经的峭壁

枉然摆脱重力的疆界

自贫瘠土层探究玲珑天堂的渴慕

迷迭香　动词在宾语中开放

凄美秋梦呓语的犹疑

若就此迷醉于静默等候

应许移植修辞的韵脚

腊梅　血沁刺绣雪地

——乾隆梅花古瓶

弃置于后宫角落

蛛网纠结

彼此覆盖空寂日夜

辉光叹息　足以旁观不朽

暖阳之下　相似的傲梅并肩赘述远眺

季节的气息 反复吐纳祥和

人在最稳妥的光景才会赏花

花开时刻 从容争艳的显明

勾画盛世美图

海上花岛 时代航标的确据

彰显繁茂景况

在无数的每一季往复中

齐放的姿态才能缔造梦想的共通

日月升降 韶华依然

花瓣包裹蓬勃 怒放的呐喊

点燃未来时代崭新的火炬

照亮 里程碑 冉冉崛起

拓路者的群像 并肩而行

最为荣耀的出发就是永不停步！

张予佳

现任《上海文学》杂志社副社长，上海国际诗歌节组委会执行秘书长。中国散文学会会员、上海市作家协会会员。著有个人作品集《浮醉若欢》等，曾获2020年第五届中国长诗奖（最佳文本奖），诗作多次被选入《中国年度优秀诗歌》等选本。部分作品被翻译成多国文字，在欧美及东南亚地区印行。在多家报刊开设个人专栏。另有散文随笔、诗歌、小说、评论和剧本散见于各报刊。

盐碱地上绽放的玫瑰（组诗）
——海上花岛笔记

黄　胜

金风玉露

像秋天的蜜蜂，怀揣着酿造的理想

我们从四面八方涌向海上花岛

一代人踏着上一代人的足迹。过去留下痕迹

中山装、绿军装、军鞋，上口袋别一排钢笔，是"标配"

如今，电脑笔记本完成采风

花岛在成像中一览无余

甚至一夜间完成创作、发稿、手稿

金风玉露，在一望无垠的花田、花厢相逢

一群天真无邪的白发少年

在曾经潮涨潮落的荒滩野地、如今展示当年婚嫁的喜园相聚

见证雕花板上的岁岁年年、朝朝暮暮、花开花落

盐碱地上绽放的玫瑰

一生刻骨铭心的，除了贫困、饥饿

必是带刺的玫瑰

无数梦想、探寻、表白和誓言，都败给了娇艳

它们，在岁月的肌肤上留下印痕

远乡客，再一次在古瀛山庄的四合院里，相聚，相拥，叙旧

看天，望流云。然后，把酒话桑麻

沉甸甸的高粱穗，压得岁月喘不过气来

扎成扫把，洒扫庭院

刚起飞的飞机，拖着硕大肚皮，掠过花岛，向梦寐的目的地飞去

酿酒师，笑逐颜开

田畴一片金黄。硕果累累的秋天，宜收获

宜写下玫瑰般芬芳的诗行

然后，在盐碱地上，谈论神舟十二号飞天，成功发射

谈论，长兴铸造、出发的雪龙号中国红科考船，起锚奔赴南极

谈论，越发茂密的树林，隐隐约约的硕果，散发出成熟后迷人的香芬

谈论，白云般的棉花，像浪花堆在长江入海口

谈论，映山红、仙人掌的培育，修剪和嫁接

振兴、富裕后，花岛捧出的厚厚嫁妆

谈论，适合弹奏怀旧乐曲的吉他，背倚的橄榄树

谈论，村前汩汩流淌的北横运河，和神兽压阵彩虹般的玉带桥

雷锋馆屋顶上笼罩的祥云

谈论，海上花岛沾着玫瑰晨露的再出发

木化石馆寄畅

再别出心裁的模仿，也无法唤醒远古的云重见天日

或，来一场雷电交加后的及时雨。渴望，得到满足时的痛快

藻类、菌类、苔藓、蕨类，相亲相爱

让玉汝于成的水晶体，和绿油油的孢子植物认亲

视觉观感复活到恐龙时代的山岗。偶遇星球撞击，或一场陨石雨

即使恒温、恒湿，终无法改变被掩埋的命运

但岁月再次点亮森林。即使群山寂寞，也让天地感动的泪水满溢

  成河流

去追赶麇鹿慌了神的眼光，和一路狂奔的惊恐

只有我知道海上花岛的前世今生

只有我知道，海上花岛的前世今生

它始于一粒沙子，沙子裹挟着长江的涛音
它始于一根芦苇，是它们在沉积的沙子上扎根，又留住了沙子
它始于一支芦笛，饥馑的岁月，有了侧耳倾听
它始于一串脚步，穿过芦苇荡后踅回
它始于一把铁锹，冬天冻僵的大地上，硬生生开凿出纵横的河流
它始于一粒种子，可能是小麦，可能是玉米，也可能是香芋或红
　　薯的新芽
它始于一张犁，才有了一次次的深耕
它始于一根缆绳，河畔有了渡口，江上有了孤帆一片
它始于徐建国、徐卫国们的前赴后继
然后有了环洞舍，有了炊烟，有了婴儿的啼哭和牙牙学语
有了机杼声
有了柳树萌爆新芽，有了一垄垄油菜花
它们的梦也是金黄色的

然后，有了蜜蜂，有了桃红柳绿，有了黛瓦粉墙的院落
鸡犬相闻的风俗画卷
有了溪水，承载花自开落

只有我知道，海上花岛的前世今生
沉郁的调子，迟涩的生长，和在陈政兄规划下越发宽畅的道路

我是喝着咸涩的井水，朗读着唐诗、宋词和语录成长

骑着单车，穿过芦苇荡和互花米草偃仰的少年

今天甘心情愿重回故里

瞻仰新娘般，瞻仰她的容颜

甘心被盐碱地上的玫瑰，刺痛记忆。即使流过汗的少年，如今也
无法止住

伤悲、讶异和欣喜

花前月下，诉说无数的曾经

蕉叶题诗

是秋风在摩挲蕉叶。飒飒的声音

喊住了作家们的脚步

这样的脚步，在古瀛山庄谈天时，是方的

绕行到蕉荫下

脚步是圆的

像押韵的诗句，叶脉上逗留的雨露

它们都是翡翠的

秋收的农人，停下手中的铁锹、锄头和镰刀

他们眼中，题诗的笔更沉重

一枚石榴挂在村史馆门前的枝丫上

不知是谁，采摘时遗忘了最后一枚
还是想留下它，在时光的暗哑里，点一盏灯

秋风劲。悬而未决，是最孤独的等候
迎来一茬茬远客，又依依惜别，送走风一般的背影

不知是飞鸟衔来的种子，还是老支书手栽
石榴树，守候村口五十年

荒滩上的村落，已被花海簇拥
米酒，让海上花岛的每一天馥郁、醉人

琵琶、唢呐、二胡、小号、笛子，瀛洲丝竹时常萦绕村庄
喜园，是抹泪欢笑的地方

一枚石榴挂在村史馆门前的枝丫上
有人给它披上了红头盖

谁都不会怀疑橘生淮南则为橘，淮北为枳
但石榴，在盐碱地上还是石榴

谁都知道，只有飞鸟识得它的心思
撒落一地的柔软，晶莹、剔透，带着淡淡的血色回忆

黄　胜

上海崇明人。擅诗书画，兼写艺术评论，独立策展人。毕业于华东师范大学艺术系油画专业。现任中国南方油画山水画派研究院副秘书长、研究员，上海市美术家协会理事。文学创作始于21世纪初，并开始发表诗歌、散文作品。作品散见于《诗刊》《人民文学》《上海文学》《诗探索》《诗歌月刊》《解放日报》等，收录于中国作家协会《诗刊》、上海作家协会等有关作品选集。著有个人诗集《江流有声》《回音》《听泉》《回响》等。时有获奖，近年获"第八届禾泽都林杯——城市、建筑与文化"诗歌散文大赛诗歌一等奖、2020上海市作家协会会员年度作品奖励等奖项。

诗
歌

走进海上花岛

刘希涛

走进海上花岛
便走进祥和
走进温馨
走进大自然的
——怀抱之中

正是秋风如酒的季节
千亩玫瑰
——飘香流蜜
百亩草坪
弹唱着情歌
处处是绿色
无限的温存
没有喧嚣
只有静好
一花一叶
在这美丽的
——人间家园
摇曳着——
诱人的清芬

橄榄树并不寂寞

远远近近——

是错落有致的

民宿、池塘、果岭

在早晨的阳光下

——摇金撒银

野趣和时尚同在

汤泉与玫瑰并融

更有那迷人的"喜园"

千里姻缘一线牵

鸳鸯戏水共潮生

呵，海上花岛——

在你温柔的怀抱里

我一颗躁动的心儿

恢复了宁静

躺在你如毯的草坪上

追思流逝的岁月

抚平人生的伤痕

心潮深处——

便有清新隽永的诗行

——裂隙而出

——一路欢歌

——一路叮咚

呵，海上花岛

你是大上海一件

——绿色衣衫

你是崇明岛上

——一块翡翠

呵，光华四射

呵，魅力无穷

刘希涛

毕业于复旦大学新闻系，《城市导报》社原编委、副刊部主任。中国作家协会会员、上海市作家协会诗歌组原组长。《上海诗人》创刊人。现为上海出海口文学社社长、《上海诗书画》和《出海口文学》主编、杨浦文化名人，有"钢铁诗人"称号。主要作品有诗集、散文集、报告文学集等15部，100多次获得省市级、国家级奖项。诗歌《关于爱情》获全国爱情诗大赛二等奖，散文《相思月明时》获全国散文大赛一等奖，歌词《康定老街》入选《中国当代歌词精选》并多次获奖。刘希涛传略已被分别载入《中国作家大辞典》《中国作家自述》等100余种辞典中。

致海上花岛（外二首）

季振华

这里真的有海——
四季铺开迷人的色彩
迷人的色彩里
荡漾着波光粼粼的岁月

这里真的有岛——
聚居着向往和希望的农庄
这些古朴又时尚的建筑群
是漂浮在阳光里的岛屿

这里，每一个日子
每一朵鲜花、每一盏灯光
都是热情的港口温馨的泊位
迎接美妙的梦想进港

这里，好客又多情
客人"登陆"后，就不愿归去
仿佛他们从来就是这里的"岛民"
花岛，是替他们完成的一个夙愿

诗歌

致喜园

未进喜园，喜气就已扑面
更有喜乐盈耳
今天，是哪对新人大喜
在这里缔结秦晋之好

不用打听相问
古礼，可以翻新化用
我虽然早有家室
还想有一次特别的成亲

一路相随的梦想
是我热恋多年的情人
今天，要在这里完成一个仪式
许一个诺言，订一个盟誓

请喜园见证，并祝福我们
我们将生育众多的子孙——
把未来的每一个日子
都养得生龙活虎，前程远大

致三十六行展示馆

三十六个劳动的行当

三十六只生存的饭碗

三十六根生活的肋骨

三十六种时光磨砺的艺术

铁砧、布机、锯刨、雕刀

酿酒器具、棉花弹弓、石磨……

让人看见，自古至今的崇明

是怎样顽强地锻打命运，砍削坎坷，

编织心愿，酿造希望

诗
歌

历来各奔生计，难有交集

如今，它们因缘相聚

在这里一起说沧桑、谈甘苦

交换各自从业、创业的体会和启悟

怎么为面前的器物重新赋形

再造生命，注入灵魂和情怀

这个三十六行展示馆

是一个不会终场的讲堂

一批批倾听着它们讲述的人们

将一再使它们得以复活

把它们吃苦耐劳的本质

巧夺天工的智慧

带进今天，滋养和创造新的生活

季振华

男，上海市作家协会会员。有作品选入《儿童文学二十年优秀作品选》《上海五十年文学创作丛书：诗歌卷》《〈萌芽〉50年精华本》《〈上海诗人〉作品精选：2007—2017》《上海诗歌精选：2013—2016》；散文诗《雨儿在歌唱》收入全国多地小学语文教辅书；曾获上海《萌芽》文学创作荣誉奖、上海作家协会会员年度作品奖。著有诗集《雨季》《尘世风凉》《晚年日记》和散文诗集《星星湖》。

写在海上花岛（外一首）

张峰波

我想在崇明岛送你一枚玫瑰花

怀着我澎湃的深情

我想在前卫村迎娶你

美丽善良的新娘

这里有 6800 亩的热土

迎着玫瑰芬芳　飘然肆意

打造我们的幸福年华

故乡，你用盛开的鲜花

迎接来自五湖四海的朋友

大地铺展爱的热烈

游弋时代乡村建设的美丽画卷

播种美好憧憬的种子

在岛的北部

碧波绿浪中荡起诺亚方舟

捧起橄榄枝，1400 年轮的橄榄枝

崇明岛在长江的拥抱下　乘风破浪

冲刷历史前行的泥沙　创造辉煌

与水杉的遐想

婀娜多姿与你无关

挺拔俊秀离你太远

我喜欢你的宁静与孤傲

水杉，一群独立的植物

没有茂密的枝叶，没有郁郁的树冠

只有向上的精神在迎接

阳光与大地

四季更迭，岁月如歌

苍茫大地，肆意生长

我和你在一起慢慢变老

一起享用春暖花开， 橘黄飘香

没有喧嚣的城市，没有多情的人生世事

只有无限的自由快乐

平淡与悠长

张峰波

上海市崇明人，中国致公党上海市委农村专业委员会委员。上海作家协会会员，上海市崇明区作家协会秘书长。自1989起先后在《星星》《上海文学》《上海诗人》《解放日报》《东方城乡报》《上海郊区报》《江汉文艺》等报刊发表诗歌、散文百余篇（首）。著有诗集《此兮·彼兮》。

在海上花岛，玫瑰贴在爱人心口（组诗）

丁少国

在玫瑰庄园

阳光孵化蓓蕾，花瓣打开
玫瑰贴在爱人心口，就有了一身爱情红

心热，玫瑰就越红
心凉，花儿连一丝香气都没有了

一千亩的盟誓，那当然最好
若无这等规模，只需你方寸之地
坐标：心头

在蝴蝶馆

1.
日子连着日子降临而来
每个日子可以拆开为二十四个小时
时拆开为分，分拆开为秒

蝴蝶展翅，秒落到它上面，分落到它上面
时落到它上面

秒分时融入蝶翅里，每个日子就带上了色彩

有爱，花瓣开，蝶儿飞抵花蕊

一个阴郁的日暮，当它飞临我的阳台

我看到它驮着我所有的日子

秒和分，又赶来，落入蝶翅

一种未来应有的美好

2.

宋词里一只蝶曾飞临指尖

相望之间，它已隐身，潜伏在少年心中

求学路上，整个旷野，蝶飞如词语

我爱蝶，也爱上了它恋过的花

以及花儿周围的草木山川，以及花儿所簇拥的人间

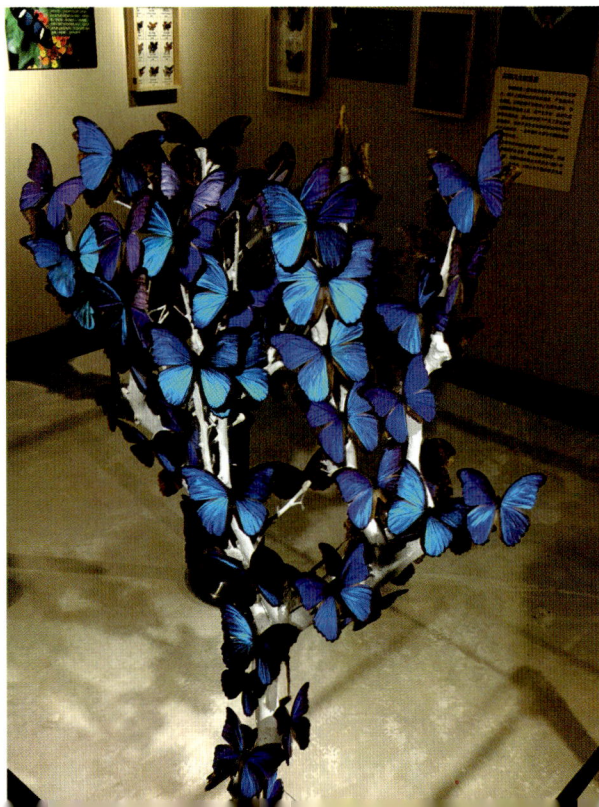

三十里的徒步路线，足以捆扎一个梦
一道道地扎，生怕松口，生怕它跑了

中年已至，似有所悟，解开后，梦飞如蝶如词语
我得到一个诗人身份。诗人是什么

今日，问蝴蝶
庄子家的门牌号是多少，我想去走一趟
最好领着我，也飞入他那一场著名的梦里
让我看清随物而化的境界

蝴蝶不语，只顾自由自在地飞

在喜园

1.
祖父正年轻，那天是否昂着头
身后跟着一支队伍，红花礼压弯了扁担

借一条乡间大路，把心情一而再再而三地宽展出来
他是否怀揣木刻之雁，又引来两只喜鹊相随

下大聘的功课，他应该做得足
家境不错，而祖母很美很贤惠

抬红妆的人有多少，该有十里红妆

才能匹配祖母乘坐的喜轿，金丝楠木

熏得喜鹊的鸣声里有丝丝木香

她听得到祖父的脚步轻快，是否也听得到《诗经》里的钟鼓齐鸣

是否顺着送子观音的双手，遥遥地看到了她的儿孙们

千工床，应该是没有的。财力没有达到这等高度

也不必遗憾，只要心情喜悦，生活就有了高度

2.

到了父母这一代，红花礼担的分量就聊胜于无了
祖父未能守住家业，家境跌入冰谷

父母用体温焐热了一个日子，又赶忙去焐着另一个日子
他们身躯单薄，站在我们兄弟姐妹前面
把苦难，挡了又挡

仍有一些苦难残余，穿透了那一代人的拦阻
我与妻大义凛然，奋力将它清零

下一代，已到谈婚论嫁的年龄
我们看到幸福正悄然开启

丁少国

男，上海市作家协会会员。曾获第四届上海市民诗歌节诗歌
创作比赛一等奖。有诗发表于《上海诗人》《上海文学》《诗潮》《辽
河》。有诗被评为中国诗歌网"每日好诗""中国好诗"。有诗
入选《中国年度优秀诗歌 2019 卷》《中国年度优秀诗歌 2020 卷》
等选本。已出版两部诗集。

诗
歌

海上花岛的邀请函

顾后荣

壹

这番邀请
筹划了一千四百多年

邀请函的封面是大海的蓝
邀请函的内页是田野的绿
一条大河是漂亮的扎带
波涛折叠的日月光耀
是她封面错落的洒金

落款的名字古老又现代
崇明——海上花岛

贰

为了这番邀请
要收藏很多故事
要回答许多问题

有的故事藏在沙粒里
它们见多识广

却又低调无华

它们最懂得劳动的号子

它们成就劳动号子的踪迹

芦苇一头花发

它的身世

被收割一茬又一茬

芦花飞扬的疑问是

从芦苇到花的出现

或者从白玉兰到牡丹花

究竟要走多远的距离

叁

这封邀请函
要用花的语言书写

花的语言
是这个世界通用的语言
四季是平平仄仄的声调
让人惊叹的词汇量
编纂成取之不尽的辞海

海上花岛
花的辞海
让玫瑰成为常用语
实词也好
虚词也罢
它的出现总是最美的表达

肆

这封邀请函
用花的热情报道喜讯

捧出一个喜园
还原一份古老
男女相悦的天性
竟能演绎得如此辉煌
收敛却又张扬
映红每个过客的脸庞

让想象逆向而行
捕捉一份庄严的喜庆
新郎和新娘
在貌似戏剧的现实中
体验真正的高光时刻
此后的人生
哪怕烟熏火燎
总有华丽的底色

一种绵延而来的温良
在玫瑰的芬芳中
在喜庆的大红中
浸润而成

伍

让我们安放一座橄榄园
把地中海的梦
移植一部分
到这座海上花岛

我们要委托那些橄榄枝
列出一份嘉宾名单

风尘仆仆的穿行者
城市森林的起舞者
天南地北的闯荡者
所有爱好自然生态
把淳朴视为圭臬的人
都将列入我们的名单

橄榄枝做证
我们把这里的每一天
都编成节日
所以我们的邀请
永远不会过期

陆

请接到邀请函的嘉宾

早日启程吧

天正蓝水正清风正柔

我们洒扫庭除

我们铺床叠被

我们张灯结彩

我们以农家的礼节待客

开轩面场圃

把酒话桑麻

瓜果蔬菜安排好每个季节

五谷丰登六畜兴旺

让每寸土地每一丝空气

都不会觉得浪费

我们怀着对世界的感激

在这座海上花岛

备足了诚意欢愉和笑容

敬候您的光临

顾后荣

男，1967年10月出生。安徽师范大学中文系毕业，现为上海市崇明中学语文高级教师。中国农工民主党上海市委教育专委会委员。上海市崇明区政协委员、崇明区作家协会会员、崇明诗书画学会理事、《崇明诗书画》编委、《崇明教育》兼职编辑。大学时开始诗歌创作，各类报刊发表诗文数十篇(首)，作品曾获"夜咏周庄'三字经'"全球华人创作大赛优秀奖、第八届"禾泽都林杯——城市、建筑与文化"诗歌散文大赛三等奖等。

硅化木

茅 俭

题记：在前卫村有一棵亿年硅化木，虽然石化，但木质纹理依然
清晰……

亿年时光一瞬变异
变得坚硬
变得令人惊讶不已
我感觉这庞然大物
是穿越时空维度而来的
它像一个"外星生物"
傲然地横亘在我眼前
顷刻，我的身体内
震颤出许多想象的蝴蝶
沿着它水面一样光滑透明的纹路
不停地飞翔起舞

那时候地球是个什么样子
除了猛犸、恐龙还有什么？
人，你在哪里？
如现代人猜测那般还在水中进化？
一连串的疑问
始终撞不开那层相隔久远的膜
我只得让神思穿越时光

在远古的土地上驰骋

描绘硅化木的前世今生

那时候的地球蓝得晶莹剔透

大地一片欣欣向荣

动物自由活动没有边界

绿色植物恣意疯长

各种美妙的声音交织在一起

各种斑斓的色彩混杂在一起

星空璀璨繁复

太阳和月亮比现在更加光彩夺目

突然，一颗不虞而来的小行星撕破长空

天崩地裂

灼灼火焰把大地燃成了火海

这颗美丽的蓝色星球顷刻狰狞可怕

无数生命美丽的色彩和声音

从此消失不见

又不知过了多少时间

当天空上的最后一缕浓烟飘散而尽

地球慢慢重新露出了蓝色的笑容

经过亿万年炼狱般的演化

它脱胎换骨，有了如今的模样

…………

我的神思惹来这个庞然大物的揶揄

那身上的洞眼仿佛是她嘲弄的眼睛：

后人啊，总喜欢以自己的想象力和逻辑思维

揣测以前的故事

描绘了一个个似是而非的场面

我们的毁灭沉沦

我们的演化变异

不是三言两语能说清的

因为宇宙秘密深不见底

我们只是这一平面上的虚幻之影

无法揣测、无法言说

它的揶揄和嘲弄

使得我想象的蝴蝶

又纷纷飞回到了我身上

茅　俭

　　上海崇明人，早期从事基层新闻报道工作，与文字结下不解之缘。因所处的生态环境风景优美，加上当地诗风浓郁，也偷偷握笔写诗，寄情于一草一木。作品散见网络和一些报纸副刊，2021年获得第七届上海市民诗歌节"奋斗百年路　启航新征程"原创诗歌大赛优秀作品奖，系崇明区作家协会会员，现供职某乡镇社区党群服务中心。

海上花岛颂

黄启昌

1.

前卫生态村——海上花岛

一个令人神往的旅游胜地

海上花岛——前卫生态村

我要情不自禁地赞颂您

这里姹紫嫣红

有一年四季花开不败的芬芳

这里闻名遐迩

是世界级生态岛的 4A 景区

百亩草坪——

凸现绿意盎然的蓬勃生机

千亩玫瑰——

诠释世间爱情的忠贞不渝

回眸历史长河的点滴记忆

烙下了无数可歌可泣的深深足迹……

2.

那是二十世纪一九六九年的冬季

徐姓书记带领七十二个壮劳力

在这潮来汪洋潮退芦荡的滩涂

描绘下了灿烂辉煌的一笔

赤手空拳掘泥筑堤

汗流浃背围垦造地

七十二双茧手，令荒滩沟渠纵横

七十二副铁肩，让芦荡蝶变耕地

七十二个壮汉，在这里成家扎根

七十二个家庭，在这里建成垦区

三五年后的金秋十月

这里稻黄似金、棉白如絮……

3.

当改革开放的春风吹拂中华大地
前卫村的战斗堡垒抓住了契机
发展多种经营与国企联营办厂
"FE 牙膏"一度成了抢手的商誉
沃野里结出种养结合的丰收硕果
饲养场衍生出循环利用的沼气
综合利用的生态链雏形名闻遐迩
这里很快成了市郊先进典型的范例
近悦远来的参观人群络绎不绝
宣传报道见诸那数不清的媒体……

4.

斗转星移中国步入市场经济
产业结构调整霎时急风骤雨
前卫村再次抓住了市场先机
乡村旅游项目在这萌生崛起
数十户农家办起家庭旅馆接待八方游客
从农家屋飘出的饭菜香令乡游市民着迷
首创的"农家乐"之歌由此荡漾开来
绿色田野渐渐彰显出生态文明的魅力
时任的中共中央总书记来这里调研视察
在老农家促膝谈话定格了贴心与风趣
"农家乐前途无量"题词传遍大江南北
乡村振兴开始谱写共同致富的新曲……

5.

自从六年前实体经济看上这块风水宝地

强强联合组成了生机勃勃的市场主体

"海上花岛"拉开了再创伟业的序幕

巨资注入产生了泉涌式的活力

从结构与形态上进行调整重构

不同的产业链挖潜赋能风帆再启

原生态的自然资源得到进一步彰显

国家生态旅游示范区建设日新月异

一二三产有所侧重融合发展

一批新项目新业态拔地而起……

6.

多个科普类场馆绽露生动有趣

彩蝶翩翩舞，萌宠爱嬉戏

植物园中琳琅满目品种多

奇景探险危机四伏乐无比

团建亲子基地呈现青春活力

阳光下享受生活充满着诗情画意

喜园里似乎传来悠远的迎亲喜浪

蓝天下演绎着的浪漫的爱情旋律

度假酒店与特色民宿顾客盈门

承揽大自然馈赠具有了划时代意义

呵！前卫生态村——海上花岛

多么令人神往的旅游胜地

呵！海上花岛——前卫生态村

我怎能不情不自禁地赞颂您

让我们遵循"两山理论"阔步前行

共同把生态文明的旗帜高高擎起

"人与自然和谐相处"的理念

必将成为后发优势的鲜明主题……

黄启昌

　　上海市崇明区作家协会会员、监事长。长期从事文字工作，有数十万字文章在市级和国家级报刊发表，多次获奖；《瀛洲新八景》系列文章曾在《今日上海》《东方城乡报》和《风瀛洲》连载。曾获上海市市场监督管理学会颁发的"学会工作特别贡献奖"。退休后担任上海市创业指导专家志愿团常务理事、崇明分团主任。2020 年 11 月，被授予"优秀创业指导专家"称号。

当我走进"海上花岛"的玫瑰园

黄建华

当我走进"海上花岛"的玫瑰园，
宛如身处迷幻无比的仙境，
一簇簇，一丛丛，一朵朵，
争奇斗艳，繁花似锦……

当我走进"海上花岛"的玫瑰园，
宛如体验梦中神游的沉浸，
孟姜女，白娘子，祝英台，
羞羞答答，娉婷轻盈……

当我走进"海上花岛"的玫瑰园，
宛如彳亍在铺满情感的小径，
一朵玫瑰告诉我初恋的遐想，
一朵玫瑰告诉我初吻的憧憬……

当我走进"海上花岛"的玫瑰园，

耳畔传来花儿们卿卿我我的叮咛，

眼帘呈现花儿们推推搡搡的嬉戏，

此刻啊！我炽热的心儿已经陶醉……

此刻啊！一句句诗句衔着一枝枝玫瑰，

感受那崇明生态岛田园生活的清静，

徜徉那上海后花园四 A 景区的花海，

欣赏那葳蕤入画的乡村美景……

黄建华

上海市崇明区作家协会会员，上海炎黄诗友社会员。在 2011 年第十四届国际泳联世锦赛组委会与《解放日报》举办的全国征文中荣获优胜奖。2017 年出版个人诗集《芦笛》。2018 年和 2020 年分别在"我为创城写首诗""决战创城，喜迎花博"征文中分获区级三等奖、优秀奖。2021 年在"花开中国梦"征文大赛中荣获区级三等奖，还在建党百年征文赛中两次荣获区级奖。作品散见于《上海老年报》《炎黄子孙》《崇明报》等报刊，十多首诗歌收录于作家出版社出版的诗集。

海上花岛赞

倪新康

一个好听的名字

拨动我的心弦

一个桃源般景地

让我神往心驰

呵　海上花岛

你给前卫村农户带来新的福祉

呵　海上花岛

你给崇明岛生态美景添上赞誉

有人说　崇明岛是一个泥沙滞积而生的沙地

我要说　我的家乡已有一千四百多年的历史

如今　这一颗被古人称为东海瀛洲的明珠

越发显现璀璨亮丽

有人说　前卫村是一个挑岸围堤而成的垦区

我要说　拓荒者早用汗水将沙滩浇灌成沃田

如今　这一块被游客誉为水洁土净的胜地

越发展示蓬勃朝气

是的　这里的人们不会忘记

半个世纪前

有七十二位农民兄弟

来到一片陌生的滩涂上

他们立下了要把荒滩变为美丽家园的壮志

是的　天道总会惠顾勤劳者

当日历一页页翻过

这里的变化日新月异

沃野里结出了丰硕的成果

农家乐的歌声唱响了现代农村发展的先例

当改革开放的春风吹拂到这里

激起振兴乡村的口号声声有力

与实体经济强强组合共同致富

创业人与开拓者一起把握了发展的契机

是的　海上花岛的名称

已将前卫村美好前景做了最好的定义

是的　海上花岛的魅力

正吸引着岛内外人士的广泛注视

好啊　海上花岛——前卫生态村

合起来的名称多么响亮

在建设美丽家园的大道上

擎起了一面奋进的旗帜

好啊　前卫生态村——海上花岛

创新型的实体多么给力

在参与市场经济的竞争中

挺起了一副铁汉般身躯

我要赞美你唷——海上花岛

你是前卫村民的心仪

我要歌颂你哟——海上花岛

你是崇明岛人的希冀

当我走进海上花岛的园地

前卫村的生态美景让我心旷神怡

雷锋纪念馆前参观人群如织

远古时代的木化石展厅内

千姿百态的古石总让游人称奇

多少老景点连接着新景地

引人入胜的佳景一处又一处

让我等宛如进入仙境

植物园里繁花绽放争艳

喜园内迎来婚庆的花轿

度假酒店造型新颖别致

亲子基地天伦之乐声起

看吧　幢幢民宿顾客盈门

家家农舍游客满聚

听吧　前卫村内琴声悠扬

海上花岛实归名至

呵　海上花岛

你是前卫生态村的名片

我要把你的美名大力传递

让海内外的人都来喜欢你

呵　海上花岛

你是崇明生态岛的缩影

我要将你的颂歌放声高唱

让海上花岛——崇明岛名扬寰宇

倪新康

笔名辛一、江风，现为上海新四军历史研究会崇明组组长、上海崇明书法家协会监事，上海作家协会公安分会、上海崇明文史研究会、崇明作家协会、崇明美术家协会、崇明摄影家协会、崇明诗书画协会，及鳌山文学社会员。多年来，先后创作的诗歌、散文，及撰写的长篇通讯报道在军队和地方二十多种报刊发表，多次在征文比赛中获奖，部分诗歌散文编入中国作家出版社、上海文艺出版社出版的诗歌集和散文集，作词的抗疫原创歌曲获得金奖和最佳作词奖。

海上花岛颂

赵文学

一

海上花岛

一个令人瞬间着迷的名字

浮天沧海中有一座仙岛

像天女散花馈赠的花篮

多么浩瀚的背景

多么神奇的主角

一个绝妙的神话般的构思

如醍醐灌顶甘露洒心

引发了我的灵感

震慑着我的心灵

你究竟是造物主的赐予

还是人类的杰作

一块令人朝思暮想的圣地

印证了《山海经》里仙山的传说

激发我东临大海

以观花岛的欲望

看水何澹澹

岛何葱葱

花何灿灿

海上花岛

你的名字挑战着我的想象力

展现出何等美妙的场景

洪波涌起，浪花跳跃

你矗立于朝霞满天的浪尖

放射出色彩斑斓的光芒

碧天祥云，鸾鸟盘旋

你呈现出一副雍容华贵的仪态

在春日的暖阳之晨

和夏日的清风之夜

在秋日的富丽面前

和冬日的肃穆之中

你因时而化

展示时而热烈

时而高雅的着装

你让我沉醉在

想着缥缈

觉着神奇

梦着芬芳的

你的美名中

二

海上花岛

我钦佩为你题名者的智慧

让你生出勾魂摄魄的魅力

但你是名副其实的

一座有灵性的仙岛

你在御笔题写的东海瀛洲宝地

那是碧波浸润

秀色横流

缥缈东海之滨

恍若海上仙洲的地方

你在今人共赞的长江明珠之上

那是天地沁英

灵光蓄隐

闪耀长江之口

恰似龙珠在首的地方

你确实是造物主的恩赐

长江从高原上跳跃了数千米

穿越崇山峻岭广袤平原

奔腾了上万里

滚滚东逝水日夜不息

匆匆走过杜甫登高临眺的白帝城

淡然凝视过李白送客的黄鹤楼

惊涛拍打了苏轼怀古的周郎赤壁

可谓阅尽人间春色

入海处却留恋驻足

衔珠吐玑

赠予河口万顷膏腴之地

为长江这条中国巨龙点睛

那是多么值得骄傲的精彩一笔

三

海上花岛

你是神仙居住的地方

我钦羡岛上的村民

拥有这样一个以生态著称的世外桃源

一个以"前卫"命名的村庄

富有的是超前意识

和披荆斩棘勇往直前的精神

迈开的总是开拓者坚实的步子

沙滩可以做证

海水一次次抹平了

围垦者一串串带血的脚印

飞鸟可以做证

芦苇扎就的环洞舍

曾经是拓荒者梦中的宫殿

大地可以做证

这里改革的脚步声

往往先于别处阵阵震响

第十届花博会的彩蝶

曾经在这块土地上翩翩起舞

引动了五湖四海

万紫千红在此竞相绽放

海上花岛

铁画银钩的四个大字

镌刻在村首的巨型石碑上

镌刻进了历史的一页

成为今天的路标后天的纪念

村企结缘，共谋发展

振兴之路翻开了新的地图

生态领先，文旅融合

新世纪新农村建设有了新的高度

一个个景点注入文化元素

眼前的景象目不暇接

千亩玫瑰花海

四季盛开香染襟怀

一滴精油迷倒

中外嘉宾万千佳丽

喜园红妆喜事

回看百年婚庆民俗

当一回这里的新郎新娘多过瘾

马场上正在演绎马战的场景

战马的嘶鸣从抗倭的战场穿越而来

影视基地成为新的地标

史诗般的精品将从这里诞生

你真是人间杰作

四

海上花岛

你以特有的气质

感染每个喜欢你的人

你是崇明美丽的岛中岛

你是崇明大花园的园中园

你是东海瀛洲浓缩的创意盆景

海上花岛

你向各路英雄

敞开了自己的胸怀

民宿酒店沐浴民风温馨

给人家的感觉和星级的享受

温暖了来访者的血液和神经

参观花博会的各方宾客来了

全国百名著名作家采风来了

河边路旁，庄园民宅

一年四季盛开的鲜花

正在迎接八方贵客的到来

让我们为你歌唱为你喝彩

赵文学

　　1946 年生人，上海市崇明区作家协会会员，1982 年毕业于华东师范大学中文系。当过中学语文教师，从教 24 年；后进入区级、市级机关从事文秘工作 28 年（含退休后聘用），负责起草了较多重要文稿和编辑专业文章。业余喜欢写作，曾多次在《文汇报》《新民晚报》《上海文学》《上海电视》《上海民政》《上海老年报》《崇明报》等报刊发表散文、评论和通讯。近年，创作了 300 多首诗词，辑成《古韵新声醉此生》手稿一卷。

诗
歌

海上花岛金秋笔会（诗词五首）

袁人瑞

赋海上花岛金秋笔会

谁持彩笔写春秋，纬地经天起壮猷。
誓扫贫穷无落伍，共谋富裕不停留。
名家翰墨生精粹，花岛玫瑰靓眼眸。
百岁征程追绮梦，深情一曲赞瀛洲。

乡村振兴赞

扶贫致富振村乡，万绪千头党领航。
桑梓细描新面貌，名家争写美文章。
花团锦簇疑仙境，绿水青山尽宝藏。
绮梦追随情踊跃，一支椽笔吐芬芳。

咏海上花岛之芦花

江滩一抹夕阳红，瑟瑟芦花唱晚风。
捍浪平潮团队力，聚沙生绿本能功。
亲和仪态招螯蟹，摇曳身姿逗雁鸿。
我自流连天籁趣，白头相对意无穷。

咏海上花岛之玫瑰园

浓醇不化是乡愁，采撷秋光花岛游。

蛱蝶纷迎高士冕，玫瑰斜插美人头。

冲天香阵摇魂魄，匝地红云夺眼眸。

沉醉心灵何得解，桃源邀约已无求。

踏莎行·作协百位名家访海上花岛

陶菊精神，玫瑰风采。瀛洲到处花如海。高朋四海采风来，名家笔下生霓彩。

情系"三农"，责无旁贷。心头缕缕乡愁在。共同富裕写心声，歌声响彻青云外。

袁人瑞

男，1944年生，上海崇明人，上海市崇明区城桥中学退休教师，20世纪60年代支边新疆，80年代末回到故乡。中华诗词学会会员、解放军红叶诗社社员、上海诗词学会会员、崇明区第三届作家协会顾问、上海崇明诗书画学会会员。《鳌山文学》杂志副主编、《乡愁诗苑》诗刊主编。作品曾在历次全国诗文联赋大赛中，获奖计六十余次。作品散见于《中华诗词》《诗词报》《中华辞赋》《上海诗词》等。著有《桂楠居诗集》。

海上花岛·微型小说

梦中的橄榄树 ☆☆

安　谅

丁总刚在包房落座，郑总与一位高鼻子、蓝眼睛的老头走了进来。那洋老头比郑总高过了小半个身子。不过，郑总的精气神依然不减，只是他比往常愈显谦和了，对洋老头和颜悦色。

丁总犯疑了，说好是请自己的，说要推心置腹地好好聊聊，为他释疑解惑，前一段时间的结扣，一直没能解开。怎么就拉了一个洋老头来凑热闹呢？他眉头微蹙，但面对着外人，而且是位老外，他又不便拉下脸来。

郑总说起来也是二十多年的朋友了，他们虽各自经商，并无多少合作，但时有往来。好多年前，在郑总花木经营遇到资金困难时，是丁总出手相助，从项目里抽调了大笔资金为他救急。郑总如今生意如火如荼，再怎么说，也是有他丁总一份功德的。可惜丁总没想到，他唯一一次开口，就遭到了郑总的婉拒。他实在是郁闷得很。

那天，在区里的民企座谈会上，丁总瞥见了郑总的身影，他故意躲开了。他不想理郑总。可他绕了一个圈子，却发现他的席卡偏偏与郑总紧挨在一起。他和郑总虽谈不上冤家，但至少是怨家，路也是这么窄。他硬着头皮坐下去，脸线是绷紧的。郑总朝他微笑点头。丁总不动声色，只是喉咙里轻轻"嗯"了一声，那声音估计只有自己感觉得到。郑总仍然谦和地一笑，想启齿说什么，又合上了嘴唇。整个会议中，他们都没有任何交谈。直到散会时，郑总对丁总说道："过些天给个机会，我请你，好好聊聊。相信你会理解。"他说得很真诚。丁总撇撇嘴，不置可否。他心里的火气，还像这秋老虎，凶猛得很呢！

方才，他到酒店前，又经过了玫瑰花园。那一片橄榄树像迎客松，排列

得整整齐齐的，像是在欢迎他。

那些都是郑总从西班牙引进的，据说花费了三年时间。出口许可、报关、检疫、航运中转等等，郑总为此也操了不少心。

第一批橄榄树运到时，丁总就喜欢上了。那些都是上百年，有的逾千年的古树。特别是那两棵千年古树，苍劲有力，高大茂盛，枝条上的树叶，四季苍翠欲滴。尤其是它们的造型，像多手观音的手臂，自然地展现欢迎的姿势。真的神奇美妙。他心动了，并且已经想好了安排，脑海里一张美图舒展开来。

他想，郑总和他说过的："你想要什么树，尽管和我说。"他之前都没看上，这次开口，想必郑总会给自己面子的。至于什么价格，都好说。

没料到，他刚说了一半，郑总就摇头了。他瞪大了眼睛，望着郑总，一时说不上话来。可郑总只说了一句："这请丁总理解，这个我没办法做到了，我得讲诚信。"

丁总蒙了。这是什么话呢？诚信？理解？你怎么不理解我，又怎么不践行你对我说过的承诺呢？这些话他是含在嘴里的，没说出口。但他想见，从自己的目光中，郑总能够完全感受到。

他是沉默着转身走的。不这样，显示不出他对此事的看重。从余光里，他看到郑总露出一丝无奈的神情，想叫住自己，也欲言又止。

好朋友关系进入冰冻期，这是从未有过的。就为了一棵树，丁总想，原来友情也就是这么贱。不说自己曾在危难之时帮过他，就看这二十多年的交情，他也应该爽快应诺的。

有一阵，他们没有联系。

直到郑总这回三番五次地邀请，说梦中的橄榄树要开园了，无论如何，他要请丁总坐一坐，聊一聊。

丁总此时盯视着郑总和那位洋老头，心里嘀咕：你郑总今天摆的是什么龙门宴呀，还要让洋人来掺和！

郑总似乎没有察觉他的表情，他依然持着老友的热情，向丁总主动伸出手，丁总有点迟疑。郑总几乎是牵拉了他的手，轻轻摇了摇，莞尔一笑。随即向他介绍："安东尼博士，从西班牙来。"又向安东尼介绍说："这是我好朋友丁先生，成功的企业家。"

丁总不好意思了。安东尼则笑逐颜开："太高兴认识您了，我听郑先生谈过您，说您事业成功，为人豪爽，还曾经帮助过他。"

"是危难时刻，救助了我。"郑总翻译后，又补充了一句。

丁总不得不展颜一笑。他们这么赞扬，何况又面对陌生的老外，他必须有这个姿态。

坐下后，郑总说："这次安东尼博士特地从西班牙飞来，很不容易。落地后还隔离了三周时间。"

安东尼博士笑着说："挺好的，我尝到了'软禁'的味道，但是贵宾的待遇。"

大家也跟着笑了起来。

安东尼博士这次来这里，主要是来看看橄榄树移植的情况。"还有……就是……我还请他代我完成一个特殊任务，向丁总讲一个故事。"

"给我讲故事？"丁总有点丈二和尚摸不着头脑。

安东尼博士听懂了，笑眯眯地说："是的，讲故事，我会讲故事。"

在服务员端来清香的咖啡之后，安东尼博士就闸门大开，滔滔不绝地开讲了。

他说他们家原先住在法国，二战爆发，他们举家迁徙到了西班牙，投靠他的一位舅舅。这一路上十分艰难，父母带着他们五个孩子，几乎是一路乞讨。那时他只有两岁，最小。母亲实在忍不住了，几次想把他送给路上遇到的富人，都被父亲制止了。父亲说："我们全家在一起，一个都不能丢。"

到了西班牙巴利阿里群岛，那是靠临地中海的岛屿，他们安顿了下来。父亲种植了一片橄榄树林。全家一起靠此维持生计,渐渐地，生活开始有起色。

有一次，当地一位富商出高价要买一棵树，想放到自己的别墅园内。父亲拒绝了，他说："你可以买成片的树去，一棵我不卖。我不能让它孤单。"

临终前，父亲再三告诫他们，不能把树一棵一棵卖了："他们都是我的孩子，应该在一起。"

最后，富商买了好几十棵，说把它们移种在一起，父亲才微微点头。

后来，他们家人都牢记父亲的遗言，坚守着这片林子。

"这次郑先生来购树，我们家大大小小是一起商量的，要买至少三十棵，而且在一处种植，不可单独移种。这是最起码的条件。这也是符合父亲的遗言的。

"我这次来，看到它们都长得很好，而且，郑先生信守诺言，让它们始终在一起，我很高兴！父亲的在天之灵，也得以安慰了。"

安东尼博士说着，站起身来，向郑总鞠了一躬："我得用中国礼仪，表示我的感谢！"

郑总连忙站起身："不敢当、不敢当。这是我必须做到的。"

"我们全家人为什么同意移树到中国？因为中国是一个大国，中国人民爱好和平。永远和平是我们的梦呀，郑总给这片林子起名起得好：梦中的橄榄树！

"不过，丁先生，听说您想买一棵树，种植在你开发的小区门口，郑先生没答应你，你的这个梦，碎了，我表示遗憾。"

"不、不。安东尼先生，郑总的决定是对的。刚听了你的故事，我也想明白了。这橄榄树应该在一起，一木不成林，何况，我们中国人不常说？守望相助，抱团取暖呢！"

"对、对！我父亲也说的是这个意思。看来。我们的想法是一致的。"安东尼先生说。

"是呀，还有您说的永远的和平，也是我们，也是全世界人民共同的愿望！"郑总说道，"这也是我为它们起名'梦中的橄榄树'的最重要的含意。"

"梦中的橄榄树，是我们大家的！"安东尼先生重重强调了一句。郑总和丁总，都情不自禁地鼓起掌来！

安　谅

本名闵师林，中国作家协会会员。曾在学校、企事业单位和机关工作，经济学博士、高级经济师，自幼笔耕不辍。20世纪80年代开始在省市级以上报刊发表各类文学作品，出版作品30余部，其中包括诗歌集"沙枣花香系列"等7部，散文作品集"寻找系列""明人明言系列"等10部，小说作品集《明人日记》系列等10部，另有长篇报告文学、戏剧文学等。曾获得《萌芽》报告文学奖，冰心散文奖，《小说选刊》年度大奖、双年奖和最受读者欢迎奖，《上海文学》奖，"中国天水·李杜国际诗歌节"特别奖，等等数十种奖项。近年有数十篇散文和微小说被选入全国及各地高考、中考等试卷。作品广为转载。

后　记

　　"嫩黄水色接崇明，遥岸风光俨画成。送客纤徐入黄浦，天涯海尽树丛生。"晚清诗人胡雪抱的这首《过崇明》，用寥寥几笔，勾勒出了崇明岛得天独厚的地理位置与如歌般的诗画景致。事实上，这座古称"瀛洲"，今唤"崇明"的岛屿，是中国第三大岛。虽有土地铺展，怀抱风光无限，从历史中款款行来，但崇明岛因自身单一化的产业结构以及相对不甚便利的交通条件，很长一段时间内，都是上海市辖内最贫乏的区域。直至 2009 年长江隧桥落成，海上通途连起崇明与市区的土地，繁华喧嚣的国际大都市之下，这样一块静谧藏幽的"东海瀛洲"才开始走进世人的眼中。

　　自此，半遮面的崇明岛一点一点向人们展示着自己的风姿——原生态的自然环境、丰富的人文底蕴、真挚淳良的民间风情，点滴的价值被不断挖掘，越来越多的人才向崇明岛涌来。也正是在川流不息的人潮的涌入之中，崇明岛真正走上了乡村振兴之路。如今，崇明岛虽已与大陆相通，但其始终坚持着对自然之美的守护："东滩湿地""西沙湿地"等区域始终保持着自身原生态的自然风貌，也因此成为如今世界上为数不多的几个大都市之中的候鸟迁徙地。

　　回顾崇明岛成陆以来 1400 余年的历史变迁，可谓一路踽踽。著名诗人徐刚落笔成史的《崇明成陆 1400 年记》，由原上海书法家协会副主席刘小晴书写刻碑，如今立于崇明学宫中，向驻足的人们娓娓道来岛上经年的风霜雨雪，人往人来。尤为值得一提的是，这块石碑的两位作者都是崇明籍人氏，故土之情在潇洒的笔触之中依依流露，令人不免动容。

此外，著名崇明籍作家季振邦先生的《崇明海塘碑记》则从另一个角度，记载了近代以来，崇明岛人保护家园、建设家园的艰辛历程。石碑屹立于海塘上，挺拔坚定，恰如崇明人始终如一的守卫家园的意志。

而这些古传至今的，对家园的珍视与爱护之情，也被我们——当代的新崇明人薪火相传。2015年，我们开始了崇明岛前卫村的项目开发。怀着对历史风尘的浪漫想象，我们以玫瑰、花海作为主题，将崇明岛的美丽以花语书写。经过六年的漫长打磨，最终——名为"海上花岛"的6800亩4A级文旅项目在"瀛洲"这片土地上落地生根，一段花前月下的浪漫盛事也由此铺展开来。

某种意义上，"海上花岛"装点着大家对崇明的想象。自落成后，诸多文人墨客前来采风度假，也有不少明星于此流连。尽管海上花岛曾款待过无数的访客，但作家们集体到访，这次还是第一遭。

因此，当中国作家协会组织起一群著名作家在金秋十月来到"海上花岛"采风时，我的内心确有些忐忑。一方面，作为花岛的建设者之一，在我眼中，这座"瀛海花岛"虽然已成规模，但似乎也在经年的目睹之中，成了寻常的景色。况且，我未曾想过将花岛用文字描述出来会是怎样的景象，也因此，难免对作家们的到访怀着几分热切的期待。

从另一个角度来说，花岛的建设也是乡村振兴战略中的重要组成部分。乡村振兴战略是决战全面建成小康社会、全面建设社会主义现代化国家的重大历史任务，在实现"两个一百年"奋斗目标征程上，我们每个人都是乡村振兴的亲历者、实践者，此番经行，任重而道远。因此，作为乡村振兴的实践者，我对诗人们的到访又不由得满怀紧张——仿佛这是一次成果的验收，也由此更期待看见作家眼中的"海上花岛"。

这些期待和紧张，在看到作家们的笔墨挥洒、在和作家们深入交流之后，都化为深深的感动：原中国作家协会副主席黄亚洲先生此行中彻底颠覆了我对其"不可近人"的想象。这位写出《开天辟地》《邓小平·1928》的"严肃作家",在"喜园"拜堂的家长位置摆着手让大家拍照,在"三十六行"推着磨豆腐的石磨体验生活,又跑到打铁作坊砸两锤练练力气,仿佛重新回到了青葱岁月。而这些点点滴滴都汇成了他笔下的文字错落,其所寻所觅,皆落字为诗,洋溢着恣意的少年气。

同时,中国散文学会会长叶梅大姐严谨的创作态度也让我尤为动容。叶梅大姐多年来走南闯北、见多识广,她为崇明岛一行所写下的文章,立意之高远、观察之细致、推敲考证之翔实,无不令我感叹。为求准确,在结束造访之后,她还几次三番与我核对相关内容和数据。相比之下,我难免自惭形秽,她文章里的崇明,有许多方面我自己都不太了解。

上海作家协会副主席赵丽宏先生,祖籍就是崇明,他青年时还在崇明插过队。他在文章中回顾了自己八年的农村插队经历,并指出,这是他们那代人刻骨铭心的记忆。读罢,我不仅感受到了他对故乡的热爱,眼前也仿佛出现了一幅旧日崇明的温暖画卷——乡音乡亲、风土人情的讲述,乡间俚语的错落传递,作为"家乡"的崇明由此呼之欲出。

拜读了作家们的大作,我一方面为他们的文采所折服,另一方面也为他们透过浪漫的景致,以独具的慧眼洞窥见的历史的厚重而打动。这群作家不仅仅是在书写自己的所见、所闻,他们更是历史的书写者、时代的歌颂者——他们所写所书的并不仅仅是"海上花岛",更是乡村振兴中的中国新农村;他们所歌所颂的也并不仅仅是"海上花岛",而是百年奋斗进程中的累累硕果。

小记最后,我想以叶梅大姐文中的一句话作为结语。叶大姐文中写到的"江左文风擅古瀛,茅檐随处读书声",出自乾隆年间,泊于崇沙三十载的歙县人吴浏所作的《崇沙竹枝词》。事实上,崇明历来一直都是文人墨客读书作诗之佳所。因此,如今的"海上花岛"在世人眼中,也应当成为,并且能够成为当下这个时代作家的停歇地和出发点。

　　"行人难久留，各言长相思。"不用名肴佳酿，但有 8 度崇明米酒；不用鱼翅海参，但有"农家土灶"，只愁径醉，流连忘返。

陈　政

2022 年 3 月 29 日

于海上花岛·古瀛